当代著名作家美文自选集

留一个温暖的背影给你

彭万香 著

中国社会出版社
国家一级出版社·全国百佳图书出版单位

图书在版编目（CIP）数据

留一个温暖的背影给你／彭万香著．—北京：中国社会出版社，2019.3

（当代著名作家美文自选集／凌翔主编）

ISBN 978-7-5087-6127-5

Ⅰ．①留…　Ⅱ．①彭…　Ⅲ．①散文集—中国—当代
Ⅳ．①I267

中国版本图书馆 CIP 数据核字（2019）第 049078 号

丛 书 名：当代著名作家美文自选集
丛书主编：凌　翔
书　　名：留一个温暖的背影给你
著　　者：彭万香

出 版 人：浦善新
终 审 人：王　前
责任编辑：张　迟

出版发行：中国社会出版社　**邮政编码：**100032
通联方式：北京市西城区二龙路甲 33 号
电　　话：编辑室：（010）58124856
销售部：（010）58124848
网　　址：www.shcbs.com.cn
shcbs.mca.gov.cn
经　　销：各地新华书店

中国社会出版社天猫旗舰店

印刷装订：北京楠萍印刷有限公司
开　　本：165mm×230mm　1/16
印　　张：12.75
字　　数：190 千字
版　　次：2019 年 5 月第 1 版
印　　次：2019 年 5 月第 1 次印刷
定　　价：49.80 元

中国社会出版社微信公众号

彭万香，女，汉族，四川凉山会理人，初中语文教师，四川省作家协会会员，《西南商报》2017年推出的散文实力作家，先后荣获“会理县优秀教师”“会理县学科带头人”等三十余种荣誉称号。近年来，在《语文导刊》《西南商报》《教育导报》《晚霞》等刊物发表散文作品数万字；作品入选《岁月浅歌》《2014中国当代散文精选》《阅读悦读2016年度佳作选》等选本；散文作品《家乡那条河》获得2016年全国公共机构生态文明宣传作品征集活动四川省评选（文学作品）二等奖；著有散文集《有人送我一棵草》《相逢是一树花开》。

目 录

Contents

第二辑　淌在时间里的亲情

第三辑　草儿也有花开时

如影随形

——序彭万香散文集《留一个温暖的背影给你》

骆　驼

这时节，蓉城已是春暖花开。

我家阳台上的花草，与往年一样，如期呈现出春的气息。那几株齐肩的石榴树苗，早已洋溢着春天特有的色彩，嫩绿中泛着浅红，星星点点的叶片，沿着树干有序地排列，很是喜人。是的，它们来自石榴之乡，来自遥远的四川会理，在我家阳台上，已经生长了四个年头了。

此时，人以万计的小区内，几乎看不见一家还亮着灯光的住户，但我还在继续着这几天的主要"工作"，继续阅读着这些经过会理石榴果实滋润过的文字。这些文字的主人，是彭万香，一位普通的机关工作人员，她生在会理，长在会理，服务在会理。

四年前，因了她的作品集《有人送我一棵草》的出版，我们在网络上相识，我曾在她的文集前面，洋洋洒洒地书写了数千个文字。四年后，她再次发来了她第二本文集《留一个温暖的背影给你》的书稿。当然，她依然要求我在她的文集前，留下一些文字。这次，我没有像四年前那样吞吞吐吐，而是当即应下。这四年，我们从网络走入现实，在某个夏天，她带着她的家人，来成都拜望了我们一家人。我与我的同事，同去会理采访时，结识了她在会理的很多文学上的兄弟姐妹。这四年，彭万香有了太多的变化，她一直沿着自己心中定下的目标，稳步前行。她先后在《新课程——语文导刊》《西南商报》《教育导报》《晚霞》等报刊发表散文作品数万字；作品先后入选《岁月浅歌》《2014中国当代散文精选》《阅读悦读2016年度佳作选》等数十种选本；散文《家乡那条河》获得2016年全国公共机构生态文明宣传作品征集活动四川省评选（文学作品）二等奖；加入了四川省作家协会；去年，她被选举为会理县作协副主席兼秘书长。短短四年，就取得了这些骄人的成绩，对于一个基层女作者来说，是一种巨大的跨越，甚至实现了“鹰”样的蜕变。

彭万香依然坚持了自己的风格，依然让这本作品集以小辑的形式面世：“乡愁安放的地方”“淌在时间里的亲情”“草儿也有花开时”“写在风中的心情”四个小辑里，精选了她近四年及以前创作的53篇散文。她的笔触始终围绕着乡情、亲情、友情、心情，始终从琐碎的生活小事着眼，书写大爱、大情怀。从这点看，她是聪慧的，她似乎已经找到了适合自己的创作路子，并试图沿着这个路子，继续凿小口，挖深井。在此，我不想再就其几篇文章展开评说，因为，彭万香已经与很多作者一样，在坚持多年的读读写写后，悟出并总结了属于自己的条条道道。她深知，哪些方式自己能驾轻就熟，哪些地带自己却捉襟见肘。正如她在这本书的后记中所说的那样：“2015年，在申请加入四川省作家协会时，我在‘近年创作计划’栏中郑重写下‘2018年完成散文集《留一个温暖的背影给你》’，也许只有我自己懂得这个计划的意义，它相当于一个迷路之人暂时寻到的人生坐标，它给了我无尽的希望和力量。”正是有了这些目标，彭万香始终在文学的道路上坚持前行。她认定文字是自己在坎坷人生经历中寻到的一根救命稻草，早已习惯了通过文字来记录心情，缓解压力，积蓄力量，寻找人生的奋斗方向。我想，她也与我们一样，是那种“死爱文学，爱死了文学”的人，书写文字，已经成为她生命中不可或缺的重要部分。她与她的文字，早已如影随形，不可分割。

散文也有另一种称谓：美文。从这个层面讲，彭万香的散文作品，同样存在这样那样的不足，她还需要在文章的“美”上下更大的功夫。比如意境、语言、表现手法等，都需要她继续磨砺、再跃台阶。

我一直担心，长期的机关文秘工作，会不会扰乱她努力营造出来的创作意境？一大堆需要业余奉献的文学组织工作，会不会淡化她固有的创作激情？逐渐增多的荣誉和“光环”，会不会成为她文学道路上的“舒适驿站”？我甚至还担心，我的这些担心，会不会将她带入本不属于她的“净土”，使她误入歧途，让她丢失了自己业已形成的“教育叙事”风格？

我想，不会的！正如很多文友总结的那样：彭万香的散文作品，始终贴近学生、贴近家长、贴近教师生活，有着日记体独有的亲切感、亲历感，受到了众多学生、家长和教育工作者的关注。她的第一本散文集，先后被多所中小学校收入图书室，作为师生共读、亲子阅读、学生交流的书籍。很多读者通过QQ、微信、短信等方式给她发去读后感，虽仅只言片语且断断续续，却字字句句震撼着她，鼓励着她，成为她创作之路上不竭的动力和源泉。

此时，蓉城西区大道上已车声如潮，站在29楼的阳台上放眼望去，小区的很多窗口已经亮起了灯光，灿若繁星，犹如石榴之乡漫山遍野挂满枝头的火红的石榴果实！彭万香遣来的那些石榴的种子，已经长成齐肩的树木，在春风里摇曳多姿。我深信，再经过一些时日，它们或许就繁花满树了，或许就硕果满枝了。恰如彭万香和她的文字，遍结硕果，如影随形。

骆驼：作家、编辑，70后。四川省小小说学会常务副会长兼秘书长、《四川小小说》杂志执行主编、全国小小说学会联盟副秘书长、全国小小说年度十大热点人物，第十三届中国中学生作文大赛（“文轩杯”四川赛区）评委。多篇小小说作品被列入全国二十多个省、市中考、高中语文试卷，并被近百种中学语文教辅书籍收录。

文字里安心

——序《留一个温暖的背影给你》

吉狄兆林

作为历史文化名城的会理，自有一种可用心感悟的静美，渗透在阳光里、空气中、远山近水间和古巷老屋的青砖、旧瓦、木门上。如若再稍具文化人类学眼光、襟怀，或许就要惊叹这兼具川滇风情，汇融彝汉回等民族多元文化，曾用名会川、会无，彝名尼地尔库的小城，最是人类诗意栖居的佳境。有幸生息于此，我心喜悦。更喜近年以来，有群文学小友忽略年龄、族别诸般差异，经常热情相邀，到城鼓楼、濯缨桥等雅致场所，就杯清茶，谈古论今，相互坦诚指正。彭万香是其中的活跃者。她的乐观、好学，我很赞赏，由她牵头建起的微信群“随缘斋”也甚合我意。我暗自珍视着这份缘，凭着早晒几年太阳、多吃几年粮食，叫她小香，有那么点怜香惜玉的意思，对她的文字却总爱习惯性地吹毛求疵。好在她户籍意义上已非农业人口，但农家女的质朴本色不改，总能愉快地“有则改之，无则加勉”。

说实话，面对沉甸甸的散文集《留一个温暖的背影给你》书稿时，第一反应还是挑剔地觉得这书名就有些俗套、拖沓，又从这个“背影”联想到朱自清先生已经太多人耳熟能详的祖母去世、家境日益衰落的氛围中展开的冷涩惨淡的那个悲剧性“背影”，我险些丧失继续翻阅的耐心。但我实在期待这群文学小友能在自己的文学小路上取得实实在在的成绩乃至奇迹，期待小香能在其中起到些许引领作用。我强迫自己安心阅读。通读后，我却由衷地感到欣慰：欣慰小香的这个“背影”以朴拙、温暖的基调，甚至呼应了针对岸然道貌的“文以载道”传统提出“独抒性灵”主张的朱自清先生那个经典“背影”；欣慰小香的文字正在慢慢累积形成个性，目前至少已然能够酣畅书写自主人生。因为事实上，无论声名卓著的大师，还是千千万万我等之类饭后茶余、忙里偷闲、情不自禁也要写点什么的非著名文学爱好者，作为一个个具体的人，最美好也最要紧的都应该是发现自己、安顿自己，在凝结着自己心血汗水的文字里安心。因为尤其是在我们置身的时代，科学技术的飞速发展一次次证明、实现着人类文明的进步，但也神速瓦解着人与自然间的原有秩序和人类社会的传统世界观、价值观，每一个个体生命似乎都比以往时代更脆弱、渺小、微不足道，也更迫切地需要通过包括文学在内的各种艺术、哲学和宗教等方式自我观照、自我确立、自我超度，从而避免沉沦、扭曲于物质主义泥潭。

受制于环境相对偏远闭塞，性格生就偏执，许多年来我始终冥顽不化地认为：没有自身独到的感悟和思考，亦不见真情的文字，无论凭借多么娴熟的技艺打扮、雕琢得多么漂亮精美，仍旧不过是自欺欺人的语词狂欢、沽名钓誉的把戏而已。我在小香的字里行间真切感受到了浓浓的乡土情、亲友情、师生情，以及农家女变身为公职人员后人在局里的种种试图肆意散布风中而不能的细碎心情，都是人之常情。问题在于是否能够自然、真实地表达，在于说的是不是人话。《家乡那条河》中“小河两岸的山坡上开满映山红，阳光暖暖地照着，放羊老汉笑眯眯站在花丛里，挥着牧羊鞭，抽着烟斗，时不时朝小河沟里瞟两眼，唱两句半荤半素的山歌过一下干瘾。小河沟里的姑娘、媳妇们瞪他两眼，笑骂一声‘老不死的!’再回他一句‘放羊老倌你莫瞅，当心少了羊儿丢了牛，回家睡在床下头’”的天真野趣；《榴林深处有人家》中“等我老了，也要回到家乡，建一所青砖泥瓦的院落，种一片石榴，养一群鸡鸭，让漂泊的心灵在藩篱间得到长久的休憩”的清净幽思；《传奇外婆》中外婆丰富曲折的经历；《母亲的当下就是我的未来》和《根在土地》中母亲喜怒无常的表象难掩的淳朴善良；《孝已无处安放》中父亲的隐忍坚强；《狗儿》中历经劫难的狗儿一家的朴实憨厚；“草儿也有花开时”专辑里师生间的风雨与共、不离不弃；等等。我再次确信，真情实感永远是写作的根本和源泉。

是为序。

2018 年 3 月 12 日尼地尔库

吉狄兆林（1967—　　），彝族，男；其诗歌、小说、散文散见于《凉山文学》《民族文学》《星星》《中西诗歌》《攀枝花文学》等刊物及《当代彝族作家作品选》等数十种选本；著有散文集《彝子书》、诗集《梦中的女儿》《我背着我的死》。

|第一辑|

乡愁安放的地方

家乡那条河

我的家乡在会理县最南端的一个小山村，村头有一条河，叫癞子岩河。河水极其清澈，终年哗哗地流淌着。河床里布满了大大小小的滑石片，平平整整的，可以在上面睡觉、玩耍。石缝里有野生的鲫鱼和石蛙，还有浅浅的青苔……

老人们常说这河里住着癞子菩萨，如果运气不好的话它就会“问人”，被问的人就会浑身长满疙瘩或痱子，奇痒无比。我们小孩子是不信这些的，得空总喜欢邀约着到河里去玩耍，不管男孩还是女孩，全都光着脚丫，挽着裤腿，散布在小河里，捞青苔，抓小鱼，捉螃蟹，逮石蛙……那时候，家里没有多余的盆盆桶桶供我们玩耍，我们就在小河边筑起小小的泥坝，把抓到的鱼儿、螃蟹放在里面。石蛙是很肥硕的，又会跳，不能直接放在里面，要用山崖上垂下来的常青藤绑了脚，拴在石头上才行。癞子岩河里的螃蟹和别处的不一样，个头很小，颜色和石头一样，都是灰白中泛着青色，小小巧巧的，特别可爱。它经常在浅水处活动，只有下雨天，才会顺着石缝爬到滑石片上来。它的钳子很长，很硬，如果不小心被它夹到，会很疼。

癞子岩河里还有一件有趣的事，就是用白耳巴泥做玩具。这里的白耳巴泥黏性很好，可以用来烧制碗和坛子等器皿。小孩子不懂那些复杂的工序，统统都是先把泥和稀，然后像揉面一样反复揉，揉到一定程度，再找一块平整的滑石片，把泥放在上面反复摔打，到韧性十足的时候，再根据自己的喜好做玩具。我们最爱做的是小吹机、小汽车、拖拉机和水牛，做好后要放在山崖下的僻静处晾几天，等水分干了再拿回家去，放在土灶里，边煮饭边烘烤，烘烤过后的白耳巴泥会变得很牢固。我们最得意的作品要数小吹机。通常情况下，我们都是先把它做成小猫、小狗、小手枪的样子，然后根据口哨的制作规律把中间部分掏空，留出小口，再用树枝和小刀刻出花纹。烘干后，对着口子一吹，它就能发出各种各样的声响。

黄昏的时候，大人们从地里回来，生怕自家的小孩撞上癞子菩萨，放下锄头第一件事就是跑到村头扯着嗓子喊："小鬼丁丁些，还不回家，小心棍子!"我们于是就匆匆忙忙地寻了大片的树叶，用草茎"缝"成瓢的样子，装上水，把小鱼和螃蟹装在里面，提着用树藤拴着腿的石蛙，笑笑闹闹地回家了。

癞子岩河里最美的景致应该是在初春：两岸的山茶花竞相开放，花瓣娇小玲珑，色彩清新宜人，白的、粉的，和着淡淡的花香弥散在小河里……

年关临近的时候，村里的姑娘、媳妇都会把家里的床单、被套、蚊帐、毛巾、窗帘，以及一家老小的衣物收拾到竹篮里，背到小河边去洗，洗干净的衣物晾晒在树枝和滑石蹦上，要等晒干后才能带回家去。老人们说这是为了让头年的细菌、病痛和晦气全部淹没在癞子岩河里。所以先洗完的也不急着回家，有的坐在滑石蹦上做针线活，有的帮着剩得多的漂洗、晾晒，大家和和气气地拉着家常，说着未来，诉着衷肠。洗干净的衣物散发着清新的气息，晾满了一河沟，花花绿绿的，在风里荡漾着。

小河两岸的山坡上开满映山红，阳光暖暖地照着，放羊老汉笑眯眯地站在花丛里，挥着牧羊鞭，抽着烟斗，时不时朝小河沟里瞟两眼，唱上两句半荤半素的山歌过一下干瘾。小河沟里的姑娘、媳妇们瞪他两眼，笑骂一声“老不死的!”再回他一句“放羊的老倌你莫瞅，当心少了羊儿，丢了牛，回家睡在床下头……”

这时候人们似乎忘记了癞子菩萨，忘记了它会害人长疙瘩、痱子的传说，只顾一个劲儿地洗着，幸福地憧憬着，孩子们依然光着脚丫在小河里笑着、闹着……

小巷随想

小巷，是偶然间闯入我生命里的不速之客，它的到来是我始料未及的。尽管小巷的墙壁已经开始斑驳，屋檐上长满了青苔，但是它的古旧与幽静总能在我的心里激起波澜。这种感觉特别像在某一个黄昏，突然邂逅了让自己魂牵梦绕的人。

路面青石铺成，清静悠远，恍若时光隧道，没事时总想去走走。也喜欢坐在那雕花石凳上，研究那些似圆非圆、似花非花的圆弧形图案，顺便听石凳上坐着的老人拉着二胡，哼哼唱唱。小巷里的风总是很轻很轻地吹着，屋顶上的衰草在风里发出“噝——噝——噝——”的声响，偶尔抬头，就会看见蔚蓝的天，雪白的云……

走进巷口的牌坊，就感觉进入了另一个世界。青石路高高低低，红砖和青砖砌成的墙相映成趣，木制的门大小不一，古朴厚重，那些还残留着“饭店”“药店”“马店”等字样的小商铺，见证着小巷过去的繁华与富庶。冷不丁会从厚重的木门里走出一两个穿着长裙、梳着辫子的姑娘，那清丽的面容，飘逸的身影，足以让每一个路过的人为之驻足。飘雨的时候，最容易想起戴望舒，想起他的《雨巷》，想起那个撑着油纸伞，像丁香一样结着愁怨的姑娘。

小巷里最引人注目的是巷口的功德碑，碑身红里透着些灰黑，下半截已经层层剥落，字迹很难辨认；上半截也许是离地面较远，居然保存完好。功德碑上斑驳的字迹依然断续可见，透过这些断断续续的文字，我似乎看到了明清时代小巷的淳朴民风。我的眼前似乎出现了嘈杂的人群，他们正聚在小巷里，商讨通过募捐来修建禹王宫，祈求大禹王保佑来年风调雨顺，生意兴隆。功德碑的旁边，还有一个类似墓碑一样的建筑，依墙而建，最上面的字迹已经完全模糊，但是左右两边刻的对联却完好无损，下方的神台上还依稀可见当年被烟熏过的痕迹。静静地站在这里，闭上眼睛，屏住呼吸，似乎就能听见人们祈求神灵庇佑的声音，香炉里未燃尽的草秆香似乎也正在夕阳的余晖里袅袅绕绕……

小巷里住着百余户人家，却从未听见有人大声喧哗、吵闹。悠长悠长的小巷里，总是静悄悄的，没有车辆的喧嚣，没有行人的嘈杂，家家户户门口都摆着几盆普通的花草。那些盛开的三角梅和马蹄莲散发出淡淡的清香，屋檐上的虎刺梅和剑麻支棱着硬挺挺的刺，在温暖的阳光里疯长。老人们有的在给花浇水，有的坐在门口晒太阳，有的打着桥牌，有的下着象棋，也有的牵着孙儿，走出小巷去买糖果。下午吃过晚饭，小巷里渐渐变得热闹起来，三五成群的孩子唱着“小汽车嘀嘀嘀，马兰开花二十一，二五六，二五七，二八二九三十一……”的童谣，欢快地跳皮筋。夕阳里，那些沿着斑驳的墙壁一个劲儿向上攀延的爬山虎，显得分外绿……

小巷的尽头，有一座弧形的桥洞，两头都是用泛红的石块拱起来的，中间有十二根圆木，平铺着，洞里的光线稍暗，走在里面会有回音，就像时光穿梭机里传来的声波。人们就从这里走出小巷，回到车水马龙的世界。

这就是小巷，我梦里的故乡，古朴、浪漫、幽静，而又幽长，每每置身于它的怀抱，那些潜藏在心底的故事就会蜂拥而来。这就是小巷，曲长的街道，斑驳的石壁，厚重的木门，古老的胡琴……依稀仿佛却又那么亲切。

白云寺：心与自然的对话

四川会理县黎溪镇境内有一座远近闻名的山——白云山，位于河口乡云山村，山上植被茂盛，古树参天，野樱花、山茶花跳跃于林间，蕨菜、大树菜可以一直采摘到秋天。此山盛产牛口刺、杜仲、隔山消、翻白叶等中草药，运气好的话还可以挖到兰草。

白云山不是因为这些而闻名，而是因为山上有一座香火很旺盛的寺庙——白云寺。白云寺坐落在半山腰的山坳里，正对着黎溪镇，远远望去，山巅云雾缭绕，丛林若隐若现，山与天的距离近到无可分辨，朱红的庙宇似展翅的鸟儿即将飞入天宇。

隋唐以来，中国民间观音信仰日趋深入和广泛，并逐渐形成以敬奉观音为主的三个农历宗教日：农历二月十九日为观音诞生日，六月十九日为观音成道日，九月十九日为观音出家日。民间有的将这三日并称为观音圣诞，黎溪人则统一将这三日称为观音会。观音会是大节日，是白云寺最热闹的日子，其中又以农历六月十九日为盛。这一天，适逢暑假，学生还未开学，庄稼也还在疯长，远远近近的黎溪人从四面八方赶来，素食戒斋，焚香祈福，沐浴梵音，净化心灵。寺庙外的空地上，商家云集，商品琳琅满目，各种美食香飘四溢，逐渐形成热闹的庙会和香市。

山路狭窄弯曲，颠颠簸簸，面包车、小轿车、马车、摩托车将上山的泥巴路堵得水泄不通。路边的松树林里，偶尔会闪出一两棵盛开的杜鹃，雪白的花瓣，鹅黄的花蕊，似身着霓裳的仙女，随处可见的豆瓣香树，一丛一丛地点缀在松树林里，结满了红色和黄色的小果子。很多香客不愿意坐车，沿着松林里的小路往山上走，老年人边走边歇，累了就坐在路边的松林里休息；年轻人三五成群，钻进松林里，边走边摘野生蓝莓，捡野生菌，“鸡枞！鸡枞！”“见水青！见水青！”“早谷黄！早谷黄！”激动喜悦的声音在山谷里回响，惹得坐车的香客羡慕不已。

到了庙门口，带了香纸、蜡烛的香客径直走进庙里，聆听梵音，祈福朝拜。空手上山的年轻人徘徊在庙门口，有的聚在小摊儿前，买新鲜玩意儿，品尝美食，参加竞猜游戏；有的爬到悬崖边的巨石上，做只手擎天状，或聊天，或拍照，等玩够了，才买了香纸、蜡烛，走进庙里焚香许愿。

庙里的空地上，鲜花无比繁盛，几乎每一道门、每一个香炉前都有一簇，粉嫩的扁竹兰、深红的绣球花、黄色的槐花、大红的状元红，还有那些叫不出名字的花朵，全都在袅袅绕绕的青烟里怒放着，绿草茵茵，蜂飞蝶舞。佛堂里的钟声悠悠地响起，各大殿前聚满了人，自动排成长龙，懂行的老年香客走在前面，燃起香烛，鞠躬，磕头，作揖，口中念念有词，年轻人跟在后面，有样学样，屋檐上的鱼形铃铛被风吹得“叮叮当当”地响。观音殿里的蒲团上轮番跪着虔诚的求签者，眼睛盯着签筒，虔诚地摇着，竹签哐哧哐哧地响，似在祈求菩萨赐予好运程。

拜完了菩萨，抽完了签，香客们就纷纷前往厨房。厨房在寺庙的最上面，周围的菜地里，辣椒、白菜、小瓜、小葱……应有尽有，山桃、李子已成熟，一群孩子聚在树下，踮起脚想要偷摘。厨房里的大妈正在磨懒豆腐（俗称“连渣闹”），两个巨大的木甑子摆在门口的水泥地上，还有几个大盆子，刚刚煮熟的饭菜冒着热气。香客们自觉将带上山来的大米、酸菜、四季豆、辣椒交给管事，然后就各自拿了碗筷，盛了米饭，舀了四季豆汤、“连渣闹”和海带丝，坐在露天餐厅里品尝白云寺自制的斋饭。特制的豆瓣酱和熟油辣子拌进“连渣闹”、四季豆汤里，酸香麻辣，清香扑鼻，大人小孩全都不再挑食，稀里哗啦，吃得津津有味。

太阳渐渐偏西，上山的香客仍然络绎不绝，下山的人们也不着急，又钻进松林里，有的随身带着小锄头，有的手里捏根小棍子，边走边找杜仲、隔山消、翻白叶、牛口刺、马鞭梢、紫白鹿晗、铁扫把等中草药，不用费多大劲儿就能挖到一大把。

夕阳里，青山如黛，倦鸟归巢，佛堂里的钟声悠悠地传来，白云寺如一只巨型的鸟儿栖息在原始丛林里，人们就这样沐浴着梵音，怀着美好的期待，将自己完全融入这空灵的山间，以最纯粹的心与自然、诸神对话。

河畔青柳

城郊，有一条河，河水极其清澈，终年哗哗地流淌着。两岸的农田终年碧绿，洋芋、水稻、蔬菜、小麦交替耕种，微风里，满眼的绿一波一波荡漾。河畔的青柳也终年醉人地绿着，似乎从来不曾落叶。

初春的午后，天气微暖，阳光灿烂。天蓝得像一泓清水，白云丝丝缕缕地浮在天上。吃过午饭，捧一本杂志寻到这里，坐在溪畔，东瞅西瞅，看天，看云，看水，看柳。书，不一定读，有时就是为了装装文艺青年的样子，偶尔翻两页，也常不知就里。有时突发奇想，诗兴大发，胡诌两行似诗非诗的文字，信口念出《诗经·小雅·采薇》中“巧笑倩兮，美目盼兮”“昔我往矣，杨柳依依。今我来思，雨雪霏霏”的经典句子，心情就美得像天上飘飞的云朵。

夕阳西下，河水淙淙地流着，鱼儿摇头摆尾。河畔的青柳已吐绿，鲜嫩的柳叶儿似春天的眼，肆意地眨巴着眼睑。光着脚丫，站在清澈的溪水里，任细细的柳条拂过头顶，乍暖还寒的春意掠过眉梢、眼底。采一枝绿绿的柳条拿在手里，侧转身，逆流而上，柳条拖着长长的尾巴在溪水里漂荡。

江边，那一树火红的攀枝花

正月初二，天气异常晴朗。吃过早饭，一家老小便直接向江边进发。远远地，就看见山崖上的那棵攀枝花已经绽放了，碗口大的花朵长在粗壮的枝干上，树尖上的那几朵是直立着的，喇叭口径直朝上，红中透着艳丽的橙色，像一簇簇燃烧的火焰。

江边的沙滩上，细小的沙粒在粼粼的江水中翻起波澜，有的被冲到沙滩上，有的顺江漂去，也有的沉落原地。女儿一路小跑，捡拾随风飘落的花朵。江水一阵一阵地冲刷上来，微微的还透着凉意。小丫头嘻嘻哈哈地笑着逃开，把双脚插进温软的沙滩里，来来回回，不厌其烦地享受着温暖与寒冷的交叉洗礼。

江面上有人划着小船经过，他们唱着渔歌，撒着渔网，打着“水漂石”。他们的好功夫激起了女儿的好兴致，一个劲儿缠着老爸传授打“水漂石”的秘诀，不一会儿，小女孩打出的石头，也能在江面上漂好几下才沉底了。小船渐渐近了，他们呵呵地笑着，为我的女儿鼓掌，幸福的笑脸映衬在江水里。

江的对岸，铁路的两边，金沙江畔的山窝窝里，那些含苞的攀枝花也要开放了，淡淡的花香顺着江水飘来，江水似乎也变得像蜜汁一样甜。

榴林深处有人家

会理鹿厂铜矿村就在城郊，距县城二十余公里，是会理石榴的主产区之一。每年四五月间，石榴花红遍山野，如火如霞，四方游客纷至沓来。中秋前后，石榴大规模上市，街边、路口，随处可见销售石榴的店铺和摊点。我是土生土长的会理人，这种全国著名甚至已远销海外的果品于我并不稀罕，但对那隐匿在大山深处的石榴林和石榴人家却始终满怀牵念。

周日，应学生小梅子之邀，前往鹿厂铜矿村她同学英子家摘石榴，同行的还有她的好姐妹阿朵。

初秋的天气，天空蓝莹莹的，像湖水，倒映着几朵飘飞的云，直钻进人的心里。石榴，石榴，满眼全是石榴，大大小小，圆不溜丢，缀满枝头，有的泛着红，有的还在白色果袋里酣睡。无边无际的石榴林如汪洋，泛起绿色波澜，越过平地，蹚过沟渠，翻过山头，"决眦"也看不到尽头……偶尔有一两只小松鼠蹿出来，开车的师傅摁着喇叭，嘀嘀地逗弄着，被惊扰了的小松鼠嗖地跳离地面，嘻唰嘻唰地爬上枝头，翘着毛茸茸的尾巴在石榴枝上轻灵地飞跃。

英子家掩映在石榴林里，已建起两楼一底的小洋楼。大门是气派的朱红雕花大铁门，厢房为青砖泥瓦，分上下两道院坝，屋檐下横着两根竹竿，绑好的辣椒骑在上面，红红的两大串。堂屋里的茶几上摆着各种石榴，英子生完宝宝刚满月，抱着孩子招呼我们自己剥石榴吃。因为是熟人，我们也不客气，各自选了一个，用水果刀沿着石榴“嘴”轻旋一圈，取下似花朵一样的小“嘴”，再顺着果棱将皮划成八瓣，剥至三分之二处，熟透了的石榴嚓的一下迸裂开来，鲜艳的石榴籽如花蕊般呈现在眼前，放几颗在嘴里，轻轻一嚼，浓甜似蜂蜜的汁水溢满口腔，滑进脾胃……日子，似乎瞬间就甜了。

英子的老公林强是家中独子，圆脸、黝黑、敦实，吃完早饭就带我们去摘石榴。他的父母紧随其后，都是五十多岁的年纪，背着竹篮，挎着用尼龙袋缝制的大袋子，从树上摘下来就轻轻放进去，生怕磕坏了。

离家二十多年，我再没有自己亲自摘过石榴，心情早已激动飞了，瞄准最高处的一个巨果，费了好大劲儿，才将树枝抓在手里，摘下它，捧在手心里，果皮青黄，面带红彩霞，咧开的嘴笑意盈盈，似酒窝盛满花蕊。总疑心它是石榴公主，这附近应该还有王子。

六个人，两个竹篮，边摘边送，不到一个小时，我们所需的石榴就已全部运回院子。林强的母亲找来红色的包装箱和粉红色的卫生纸，指挥大家分工合作装石榴。英子将孩子交给阿朵，美其名曰“先实习实习”，也加入了我们。我原本以为装石榴是极简单的事情，等真正动起手来，才发现并非易事：大果、中果、小果要分开，各有各的箱子；挂彩挂得好的要放在最上面；虫果、麻果、火烧果一律不要；裹石榴的纸最多两张，交接处要裹严实。

林强的奶奶七十多岁，看我们忙得热火朝天，也颤巍巍地过来帮忙，老人家耳朵不好使，总是答非所问，惹来阵阵欢笑。

下午五点，石榴终于全部装好了，丰盛的农家饭也上桌了，小炒肉、腊猪蹄炖花生米、炒凤尾、青菜小瓜煮玉米、糊辣子蘸水……家的味道浓烈地弥漫在空气里。

夕阳西下，倦鸟归巢，石榴林掠过车窗，一排排退去，大大小小的石榴在我的视线里雀跃。回望渐行渐远的村庄和那些在石榴林里忙碌的人们，我的心里涌起这样的念想：等我老了，也要回到家乡，建一所青砖泥瓦的院落，种一片石榴，养一群鸡鸭，让漂泊的心灵在藩篱间得到长久的休憩。

忘了我是谁，只做一个路人

突然，有一种冲动——与文字亲近！那么急切，近乎渴求，掀掉身上盖着的毯子，还有蒙住我眼睛的诗集，毅然离开眷念了一天的沙发，将自己丢弃在阳台。

光脚踩在紫色的地毯上，软绵绵的，蹦了几下，碰到吊篮——佛珠、紫草、太阳花，长长的藤蔓拂过面颊，铁艺花架上，雏菊已绽开花蕾，圆圆的，像小球，一盆绿色，一盆白色……

摁开电脑，嗡嗡嗡一阵轰鸣之后，终于启动了，噼噼啪啪，键盘一阵乱响，黑色的文字如小蚂蚁爬满文档。

忘了我是谁，只做一个路人！

脑海里突然又冒出来的独门绝句，激起我更大的宣泄热情，文档里似有一个人，安安静静，不喧不嚷，默默听我讲述心情。

前日，适逢周末，拉上我的专职司机兼“活地图”，从通安皎平渡出发，开启“瞎逛之旅”。

一路上，群山环绕，险峰无数，蜿蜒的金沙江如影随形，所遇之人川滇皆有，南腔北调，来来往往的大货车载着猪儿、鸡鸭、石榴、番茄……来过无数次，依然激起我浓厚的探究兴趣。

在昆明市禄劝县境内寻得一条新修的沥青路，问了沿途的老乡，说是通往乌东德坝区的专用公路！向往已久的乌东德水电站，从会东方向探访过无数次，终未见其全貌，心中的急切与期待，不说你也知道。

我们顺着那条路一直走，经过桥隧群，有人把守，在告知“还在施工，要小心驾驶”之后，警察很人性化地放我们通行了。一路欢呼，一路期待，终于到达乌东德坝区，结果每一条岔路口都有“无关车辆禁止通行”“凭证通行”的岗亭。我们很懂规矩地没有去磨嘴皮子，七弯八绕，寻到几个制高点，伸长脖子东瞅西瞅，看到乌东德大桥的两个桥墩也兴奋不已。

在生活区绕了一圈，觉得无趣，决定原路返回，寻找新的去处。回到隧道口，已是下午 19：08，警察无论如何不愿意放行，义正词严地说：“为了安全，要守规则，山上有唯一的一条沥青路，你们可以绕出去！”我们只得将车倒回去，在暮色苍茫中四处探路，好不容易找到一个路口，却又拐进了施工区。百度地图上搜不到这些泥巴路，我们在场子上绕来绕去，像小孩子玩碰碰车游戏。

天快黑的时候，一辆“云 A”的车进入我们的视线，“活地图”两眼放光——路就在前方！一阵欢呼之后，我们跟着“云 A”找到了沥青路。打开百度地图，却不知要去往何方，想了半天决定输入终点“禄劝县城”，地图上赫然显示“剩余 142 公里，4 小时 18 分，23：23 到达”！两个疲累饥饿的人瞬间蒙了，还没吃下午饭呢！

在山上绕了一个多小时，几乎没有遇到什么村子，过往的车辆也很少，百度地图上显示的数据和饥肠辘辘的胃，渐渐抹掉了我的耐性。“活地图”也沉不住气了，将车停在路边，下去辨别方向，突然想起一个地名“撒云盘”，便欣喜若狂。一辆大货车如黑夜的眼睛从山路的另一头疾驰而来，“活地图”挥舞双臂挡在路中间大喊：“问一下路！问一下路！”我坐在车上都觉得他像拦路抢劫的彪形大汉，一边笑，一边喊他站远点，怕别人误会，没想到，司机真停了，伸出头来告诉我们路就在前方，到第一个岔路口右拐，走完水泥路，穿出桥隧群，顺着新公路就找到了。

那条所谓的水泥路，其实是单行道的盘山公路，全是大急弯，大陡坡，里面是高坎，外面是悬崖，走得我心惊肉跳，“活地图”也是一筹莫展，越走越心虚。沿途的司机对路况都很熟悉，远远地看见车灯，就停在宽处，一开始我们不知道咋回事，总想着等别人先过，那边就拼命地摁喇叭，等我们慢慢开过去了，才懂他们的心意。这样谦虚礼让、自觉维护道路通畅的美德，让我无比感动，在漆黑的夜里，我一次又一次地向他们挥手致谢，尽管他们早已擦肩而过。

走完盘山公路，找到桥隧群，回到主干道，一心想着熬到禄劝县城吃点好的，但是饥肠辘辘的胃就是不听招呼，咕噜咕噜叫个不停。

绕上山梁，远远地看见灯光，还闻到了饭菜香，我不由自主地咽了几次口水。走近了，才看清路边的雨棚里有一对小夫妻卖四季豆汤，雨棚是用钢架临时搭建的，顶上蒙着塑料布，摆着三张简易小桌子，四个木甑子，两个蜂窝煤炉子，两口大锅，十几罐辣椒酱，三盆凉拌酸菜，一筲箕熟羊肉，还有两块方方整整的腊排骨。店家如实奉告：羊肉冷了，米饭有点少，麦疙饭、苞谷饭管够，豆汤吃完了可以再舀。

山里的夜黑漆漆的，除了山还是山，几乎没有什么人家，路灯也没有，油布被风吹得窸窸作响，寒意嗖地蹿上脊梁，我不禁打了个寒战，将手拢在炉子上取暖。又走进来四五个人，一老一少，一男一女，还有一个大高个子，每个人都去掀开锅盖瞧一瞧，闻一闻辣子酱。老板也不说什么，只是笑着，等各自决定好了，才给每桌盛一大碗四季豆汤，舀一小碟酸菜和辣椒酱。如果想吃肉，老板娘现去锅里捞出来切，大块大块的腊肉，油汪汪的，直接用手抓来丢在豆汤里，那香味简直巴适惨了。早已饿扁了的胃，哪受得了如此诱惑，七八个人全都不说话，只听见稀里哗啦一片乱响，已连吃了两大碗，悄悄问“活地图”：“我还想要点米饭!”他把眼睛瞪得像铜铃那么大：“这是冷饭，吃多了——会不消化!”店家将最后一点米饭盛给我，其他人又各自去添了麦疙饭和苞谷饭，直到大家都吃得打嗝了才停止。

吃饱了，就有力气了，心情也好了，一顿饭的工夫，似乎全都熟识了。老板邀请大家烤会儿火再走，七八个人就真的围着炉子坐着，东一句西一句地聊着，问的无外乎是：你从哪里来，到哪里去，做啥买卖，去哪里走亲戚，抑或问一下买卖行情，打探一下沿途见闻，唯独没有人问“你是谁”。

这样的氛围让我着迷，不用思考，不用顾忌，更不用担心说错话，得罪人，只管将话匣子打开，想问什么，想说什么，全凭一时兴起。仅一小会儿工夫，我就完全融入了他们，熟门熟路地与他们瞎掰，似乎我也成了种庄稼的好手，生意场上的行家，四处漂泊的打工仔。

脑海里突然冒出一句：忘了我是谁，只做一个路人!

突如其来的诗兴让我兴奋不已，离开雨棚坐上车仍在绞尽脑汁胡诌，下定决心要整出几句像样的诗来，结果一觉醒来，全忘光了。

今天，在沙发上堕落了一整天，随便找条毛毯盖在身上，习惯性开启假期半梦半醒模式，似乎读了几页书，舞弄了会儿毛线，还看了几集电视剧，但一切都是不明晰的，包括我刚刚讲完的这段经历。

等我彻底醒来之后，突然有了一种冲动——与文字亲近，急急火火打开电脑，噼噼啪啪将心中所想变成文字，黑压压的一大片，越敲越快，意犹未尽，这是一种无比美妙的享受。

看看表，已是凌晨4：00，脑海里涌动的还是那句似诗非诗的独门绝句——忘了我是谁，只做一个路人!对头，就用它为我今天宣泄的文字做个小结：

闲时，偶尔“瞎逛”一下，寻一个陌生的地方，摘下面具，放下名利，让心灵彻底放逐，忘了我是谁，只做一个路人！

水田绿了

“水田，绿了！”我在心里默念着。依稀记得昨日的梦里，我回到了家乡——海林村，适逢插秧季节，满田的人，刚栽的秧苗闪着嫩嫩的绿。路边的水沟里，水淙淙地流着，一群脏兮兮的孩子挽着裤腿聚在那里摸小鱼、摘栽秧泡吃。父亲牵着牛，扛着犁走在湿滑的小路上。

记得小时候，每逢插秧时节，学校就要放假，美其名曰“农忙假”。放假的当天或第二天，水库就会开闸，憋闷了一冬的死水终获自由，欢笑着，跳跃着，从涵洞里奔涌而出，淌过沟沟箐箐，漫过田间地头，从不同的方向，灌进家家户户的板伐田里，人们称这一天为“开秧门”。晾晒了一冬的土伐子龇咧着干涸的嘴唇，嗞嗞嗞地冒着热气，贪婪地吸食着久违了的甘泉，直到饱和了，撑不住了，才慢慢地坍塌下身子，碎成土疙瘩，化成泥块。村里负责放水的是两个最富经验的种田好手，他们扛着锄头，不分昼夜地转悠，从这一埂到那一埂，恪尽职守。在栽秧的这一季，他们是总指挥，是最具有权威性的人物。他们知道水要放多深才合适，哪一段田埂不牢靠要注意，也时时刻刻计算着要先放哪一坝后放哪一坝，才方便人们耕种。

最早放水的是老闸心，这里是全村水田的中心，如果不尽早栽完，就会被关了“秧门”，没了出路。老闸心是一个巨大的圆，中间有一条一米多宽的沟渠，正好把中心分成了两半，周围所有的田围绕着这根中轴线一圈一圈地隔开，每一圈又被规则地截成很多段。这些同心圆一圈比一圈小，一圈比一圈高，总面积约有七八十亩，像一个魔幻的、立体的大剧场。在我们很小的时候，老闸心是多用的，秋冬要蓄水，用来灌溉冬小麦、洋芋、蚕豆、菜园。春天，蓄满水的老闸心碧波荡漾，偶尔还有小鱼在游动，坝埂上种了一整圈的杨柳，刚刚吐绿的柳条倒映在水里，和水底隐约的田埂叠印在一起，形成许多浮动的光与影。包产到户以后，老闸心按人头分给了每家每户，人们嫌蓄水耽误了“炕田”，影响收成，就停止了蓄水。

刚开闸的头两天，老闸埂上总是站满了人，都是各家各户的当家人，他们扛着锄头，拉着犁铧，牵着水牛，看到水进了谁家的田，谁就以最快的速度收拾“家伙”，拉着水牛去做田。等得久了的，就把水牛拴在柳树上，脱下沾满泥巴的胶鞋垫在屁股下面，坐着抽烟。到了第三天，老闸埂上等待的人几乎就没有了，干裂的板伐田渐渐变成了亮汪汪的水田。晨光中，烈日下，星辉里，“嘜嘜嘜”，“踩沟，踩沟”，“扯着，扯着”，“哇哦——站”……人们指挥牛儿的声音此起彼伏，昔日那些倔强孤傲的土伐子，在人们反反复复的犁、耙翻碾中，变成了平平整整的稀泥浆，那一圈一圈的同心圆，变得像金色的绸缎一样柔软顺滑。

栽秧时节，女人们也不会闲着，提前好几天就在家里准备好拔秧的板凳、挑秧的工具、捆秧的稻草，备办好栽秧请客吃饭的食材和蔬菜，稍有空闲就要去和邻村的姐妹换工。等到村里的水库一开闸，女人们就更加不分彼此，平日里斤斤计较的习气自动隐匿起来，两家三家、四五家组合在一起，形成一个和睦的栽秧小集体，即使谁的娘家来了相帮的人，也会自觉加入进来。

每天清晨，天刚蒙蒙亮，老闸心内外就热闹起来。男人们扯着嗓子“嘜嘜嘜”地犁田、耙田，女人们聚在秧田里，坐在小板凳上，一边拉家常，一边熟练地拔秧。秧苗约有七八寸那么长，她们每拔“一手”，都要把根放在水里上上下下地涮洗，再用稻草捆起来，攒在一处。谁要是无聊了，调皮了，就会把水花溅得老高，让秧田里的水漫到板凳上，打湿别人的裤子。啪啪啪的水声荡漾着秧苗，孕育着一年的希望与温饱。

从某种程度上说，秧苗是女人的脸面，村里人自会根据秧苗的长势、深浅、干净程度，来评说这家的女主人是否勤谨。每年春节过后，女人们就开始忙碌着拾掇秧田，先是把巨大的土伐子一排一排地立起来，像搭帐篷一样攒在一起，用松毛烧，烧好后再把土伐子敲碎、翻平，放上最细致的牛圈粪。等到了春分、惊蛰前后，男人们会把田做平，撒上稻种，剩下的活儿就全部交给女人。女人们像呵护新生婴儿一样呵护着秧苗，无论早晚都要去转一转，摸一摸水温，根据秧苗长势调节水的深浅，计算着施肥、除草、洒药的时间。

在秧苗成长的过程中，小孩子也是可以发挥作用的。在刚开始的一个月，为了防止种子烂根，秧田每隔一周就要露一次水，早早晚晚鸟雀会来捣乱，啄食浅水处的种子，女人们忙不过来，就会派出自家的小孩子来撵雀。我们先是用竹竿绑成“十”字架，在上面套一件红背心，穿一条大裤子，再戴一顶破草帽，插在秧田里，起先鸟儿还是有些怕，远远地瞅着，后来发现是假人，就明目张胆起来。我们就只得早早地起床，赶在鸟儿离巢之前，守在自家的秧田边，拿着竹竿，“哦嘘，哦嘘”地吆喝着驱赶鸟雀。鸟儿是无比狡猾的，只要你稍不留神，就会三三两两地飞来，栖息在秧田里啄食种子，看到我们气势汹汹地跑来，它们也不急着飞走，故意扇动两下翅膀，用爪子点一下水，把刚刚发芽的秧苗弄得疏密不匀。等到了八九点钟，鸟雀吃饱了，在老闸埂上飞来飞去地欢舞，我们就乘机溜过去，爬上树去折柳条编柳帽，三三两两地玩打仗的游戏。

早饭前后，一天的秧苗基本就拔够了，女人们挑的挑，背的背，沿着窄窄的田埂把秧苗搬到田边，从田埂上，噼噼啪啪地将捆好的秧苗均匀地抛在水田里。吃过早饭，大家就直接下田，沿着田头“一”字排开，不用分，不用量，人和人之间的距离会惊人的一样。村里的女人个个是栽秧的行家里手，动作麻利得像在比赛，她们天南海北地聊着，嘻嘻哈哈地闹着，左手拿秧，右手插秧，边拿边分，边插边接，手起秧活，配合得默契且神速。不多会儿，田里就会竖起一排一排的绿，这绿像电影里的蒙太奇，以惊人的速度蔓延开来，横竖都是一样的直。

一天，两天，三天……“秧门”关了，满田满坝都绿起来了。水沟边，田埂上，黄花香开得正艳，粉色的七姊妹花轻盈地舞动在带刺的枝丫上，一群脏兮兮的孩子挽着裤腿站在水沟里拦小水坝，放鸭子花，摘红果果。站在老闸埂上远远望去，老闸心就像一匹正在被慢慢拉开的彩绸，浅黄的底晃动着，闪烁着，刚刚挑绣上去的秧苗泛着嫩嫩的绿。

小院时光

小院，就在通往拱极楼的梯道拐角处，有些幽暗，门楣上有一块茶色的匾额，保持着木头的本色，上书“上茶下院”四字。

从热闹的古街迈进这里，太阳越过高高的城墙，稀稀疏疏地洒在青石板路上，两边都是墙，通道有些逼狭，城墙高耸入云，长满厚厚的青苔。砖缝里支棱着几枝酸浆草，似一道天然的屏障，将小院完全隔绝在一个隐蔽的角落里。

木门低矮厚重，须重重地拍，里面的人才能听见，嘣嘣嘣，如百岁老翁低沉而厚重的喘息，门闩轻轻地滑开，一位身着旗袍，绾着发髻的女子，如荷花般娉婷地绽放在小院中。

初冬的天气，天空蓝得像湖水，飘着几朵云，阳光斜斜地照在院子里，瓦楞、衰草、竹篾、布帘……全都摇曳着，朦朦胧胧，那些光，那些影，轻轻的，柔柔的，全都重叠着，晃动着。苦竹似乎忘记了冷，细细瘦瘦地立在墙角，有几株已探出了院墙，水缸里漂着几棵水葫芦，似春天般嫩绿，开出几朵浅紫色的小花，俏皮地浮在水面上睡着。

屋檐下，两只鹦鹉欢跳着，叽里咕噜地学人说话，喙挨着喙，似在亲昵。一个女子，穿着花袄，身姿窈窕，摇着竹扇，静静地守着茶壶，茶水咕嘟咕嘟地煮，水雾袅绕。

小院的阶上长满了青苔，厚厚的，碧绿一片，零零散散地摆着一些多肉植物。寻一把竹椅，要一壶菩提，坐在院子里，有一口没一口地喝，摊一本书在膝上，有些许霉味，阳光照着，一会儿就散了。书不一定读，那些文字，有的轻轻松松就进入脑子里，有的被风吹着，一下子就翻过去了。

有时，坐着坐着就睡着了，青苔漫上书页，文字似乎变成了绿色，再读时，故事绿了，心情也绿了。

小院的一角，有一方檐坎，摆着一张大木桌，铺着用板蓝根染的蓝底白花的土布，靠墙的地方码着一垛木柴，桌子周围，摆着七八个草墩，还能嗅到淡淡的稻草香。桌子上方，悬着一个巨大的铜壶，离桌面一米那么高。我常盯着它看，看着看着，就想把那桌子移开，露出火塘，烧水沏茶。主人说那桌子太笨重，铜壶太大，轻易不会启用，我只得作罢。

小院里的房间全都空着，窗台上摆着花瓶，插着几枝未开的梅，木门敞开着，蓝色的花布帘子在风里摇晃，木制的妆台、大红的花被、写了一半的宣纸、斜插的毛笔……想看又看不真切，思绪自由驰骋，似有一个身着古装的女子款款走来，伏案静读，闲写几笔，轻轻吟出几句诗来，那眉眼似李清照，又有几分像大观园中的林黛玉，还有些许像民国的林徽因和张爱玲。

天色渐渐暗下来，夕阳不请自来，昏黄昏黄的，泛着橘色的暖，笼在院子里。一抬头，与天，与云，与瓦楞上支棱着的衰草不期而遇，我似乎已是满头白发，坐在一把老式摇椅上，有人为我盖一床毛毯，握紧我的手，在小院安静的时光里，慢慢变老。

金沙江边，108 国道绵延进山

江边，是我最爱去的地方，那里有滚滚的江水，温软的细沙，如血的残阳，还有蜿蜒的盘山公路……站在半山腰，拿着望远镜四处张望，山间云雾缭绕，火车的鸣叫远远地传来，108 国道如一条细细的丝带飘挂在山腰，撒落到谷底，公路两旁成片种植的“大凉山鱼鲊蜜芒”和圣女果已初具规模，红的、绿的、黄的、紫的，在阳光下闪烁着耀眼的光芒。

这就是国道 G108 线凉山会理段的末端——金沙江鱼鲊渡口，它将凉山和攀枝花紧紧相连，是国道 G108 线的咽喉要道，千百年来，一直默默无闻地迎送着南来北往的马帮小贩和川滇商客。据史书记载：诸葛亮“征南蛮”首战即在会无（会理）金沙江鱼鲊渡口——“渡泸而得蜻蛉”。这条源自北京天宁寺的国道 G108 线，全程 3356 千米，途经北京、河北、山西、陕西、四川和云南 6 个省市，具有重要的战略地位和军事意义。长期以来，由于金沙江江面宽阔，水急浪大，两岸又都是深山峡谷，人们只能依靠渡船摆渡过江，出行诸多不便，极大地制约了两岸经济和社会事业的发展。

记得小时候，父亲在地震队工作，特殊的工作性质决定了他要一年四季在外漂泊，每年只有春节才能回家一次。因为长期的分离，年幼的我们经常忘记父亲的样子，却记得母亲描述的那些与父亲相关的地名：北京、上海、河南、河北、成都、昆明、拉鲊、鱼鲊、金沙江……父亲说他回家要坐很多天火车，转很多个站，到拉鲊后，要到江边去坐渡船，如果错过了就只能望江兴叹。那时候国道 G108 线还没有延伸到江边，父亲过江后，要翻过陡峭的江坡山，至少要走一整天才能到家。我们就这样在父亲来来去去的身影里感受着一年一次的亲情，窥视着山里山外的世界，金沙江鱼鲊渡口成了我们一家人共同的期盼。

后来，父亲为了照顾我们，调到离家较近的 403 地质队工作，结束了他的孤雁生活。国道 G108 线也随着经济社会的发展，延伸到了金沙江边，那辆从黎溪通往鱼鲊的小型中巴车，每天都会在金沙江边等待着摆渡过江的旅客，为这个历史悠久的古渡带来了现代文明的气息。

2008 年，会理“8 · 30”地震，黎溪是重灾区，国道 G108 线成为运送救灾物资的重要通道，鱼鲊渡口的“瓶颈”问题日益突显。2009 年 8 月 30 日，灾后重建重大项目——金沙江鱼鲊大桥开工奠基，两岸居民奔走相告，翘首企盼。2015 年 4 月 24 日，金沙江鱼鲊大桥建成通车，国道 G108 线结束了断头路的历史。无数会理人闻讯前来，或驱车直达昆明，或偕一家老小在桥上散步，俯瞰江水，回味历史。那艘几十年来，两岸人们和车马唯一依赖其渡江的渡船，像一位饱经沧桑的老人，闲置在夕阳下的江水里，静静地仰望着江面上的鱼鲊大桥，见证着曾经用轮渡运输过江的历史。

当我们一家再次来到金沙江鱼鲊渡口时，国道 G108 线已经建成高标准沥青路，新建的鱼鲊大桥横跨在江面上，那些南来北往的车辆鸣着清脆的汽笛从桥面上疾驰而过，这一段父亲曾经回家的路，如今，变得如大城市般通达平顺。来到父亲曾经渡江的码头，牵着女儿的手顺江走上去，江边的细沙在粼粼的江水中翻起细细的波澜，那些小小的沙粒有的被冲到沙滩上，有的顺江漂去，也有的沉落原地。阳光透过江水照在浅水处，荡漾成金灿灿的颜色。江面上有人划着小船经过，他们唱着渔歌，撒着渔网，时不时地还打出两颗“水漂石”，幸福的笑脸映衬在江水里。

回程的路上，我们的越野车在光滑的沥青路上匀速行驶，女儿靠在车窗前反反复复地描述着她想象中的诸葛亮“渡泸而得蜻蛉”的情景。

风哗啦哗啦地吹动着芭蕉树的叶子，那些金黄的野菊躲在草丛里，藏在槟榔树下，跳跃在山崖边的沟沟箐箐，它们似在欢笑，似在低语，似在吟唱。国道 G108 线越过金沙江鱼鲊大桥，在夕阳的余晖里绵延进金沙江畔的崇山峻岭，引领着我们去看更美丽的风景。

索玛花开

我是土生土长的会理人，但是对于歌里唱的，人们口中传的索玛花却从来没有仔细研究过，在我的记忆中关于索玛花，大家众说纷纭，有的说是映山红，有的说是杜鹃，也有的说两者都是。为此，专门在网上查阅了下面的资料：

彝语称杜鹃花为“索玛”，即迎客之花。野生花卉以杜鹃（彝语称“索玛花”）为最，计有30余种，每年3月至7月，繁花似锦，铺天盖地。并且，不少杜鹃由于生长上千年而未受到砍伐，已长成需一至二人才能围住的大树，奇特无比。再加上有的杜鹃开花时能同时开出多种不同颜色的花朵，更是引人入胜，争芳斗艳，具有很高的观赏价值。索玛花是杜鹃花的彝语名，又名映山红，为杜鹃花科杜鹃花属，常绿或落叶灌木，是我国三大天然名花之一。5月份，在海拔2500米以上的大凉山上，到处一簇一簇地盛开着索玛花。索玛花花色洁白中透着粉红，被称为“高山玫瑰”。

会理的杜鹃花主要集中在城北的龙肘山上，每年四五月间，龙肘山上的各种杜鹃花次第开放后，游人们便纷至沓来，龙肘山，进入了旅游的黄金季节。沿途长满新叶的青松、灌木郁郁葱葱。在海拔2000米以下，杜鹃花已随处可见，随着公路的延伸和海拔高度的增加，便进入了云雾缭绕的大山腹地。放眼望去，杜鹃花的种类越来越繁多，生长葱郁。杜鹃由稀疏到稠密，由低矮到高大，成林成片，几乎无隙可通。远近高低全是令人赏心悦目、眼花缭乱的杜鹃花林，色彩缤纷，万紫千红，美不胜收。

第一次攀登龙肘山是高中时候，临近5月，与几个同学相约到山上露营，第二天一早到山顶看日出。传说中的龙肘山“日出胜景”是神秘的，“破晓时分，云腾雾涌，天际的青黛被染成金红，一轮红日喷薄欲出……身处的山峰仿佛飘浮于云海之上，让人有超凡出尘、飘飘欲仙的感觉。”我们先在山脚下的同学家休息，黄昏时才开始爬山，目标是半山腰的花海。据说那里的泉水很甜，气候宜人，我们可以在那里安营扎寨，填饱肚子，天亮时再到山顶看日出。

夜晚的龙肘山漆黑一片，茫无涯际，虽有月亮，却若隐若现，只有在树木稀疏的地方才可以看见斑驳的光亮。我们背着露营的东西，拿着仅有的几把电筒在山里绕了几个小时，却怎么也找不到半山腰的花海和清泉！直觉告诉我们，迷路了！“夜刮子”（一种鸟）时不时地尖叫着，莫名的恐惧袭来，大家决定披荆斩棘，直上！直上就意味着没有路，我们一群人背着重物，朝着既定的山顶，钻灌木丛，绕荆棘，攀崖壁，一点也不敢偏离方向。大概用了一个多小时，我们才到达山顶，大片大片的杜鹃花在月光下盛情绽放，花香一阵一阵地袭来，我们误以为提前到达了龙肘山的山顶，纷纷扔掉身上的负重，欢呼雀跃，向着龙肘山的心脏深情呼唤：“龙肘山，我来了！”

天色陡变，天空开始飘雨，风几乎可以把人吹走，我们只得将树枝折下来，搭在树与树之间，然后将满地的蕨菜拔起来盖在上面，算是安了一个临时的家。搭完棚子，大概是凌晨两三点了吧，大家又累又饿，背上山来的面包经过挤压早就扁了，没法再吃，我们就把仅有的几瓶汽水倒在铜火锅里煮东西吃，菜并没有细致清洗，只是将边叶掐了，拧断，扔在锅里直接就煮了，还捏了豆腐丸子。一番狼吞虎咽之后，饥饿和寒冷似乎都被赶跑了，大家坐在火边闲聊，靠在花树上打盹，期待着真正的龙肘山日出胜景。

天终于亮了，看着彼此的“花猫脸”和漆黑的手，大家都笑了，我们就是用这手将菜和肉煮来吃掉的。走出窝棚，龙肘山的顶峰离我们还很遥远，传说中的六一四微波台雄踞在远处的山巅，露着神秘的笑脸。天有点阴，云层有点厚，太阳一点一点地突围出来，云的颜色由灰暗变得浅淡，雾也升起来了，渐渐散开去，笼在大大小小的山巅，连绵不断。太阳一整个地跳出来了，像一团被包裹着的火焰，炽烈地涨红着脸。起风了，云腾雾涌，浮动着太阳，一会儿圆，一会儿扁，金色的光线比平时柔软，散漫地穿过云层，透过雾霭，将天边的云霞浸染。

回头望着高高的六一四微波台，想象着传说中的龙肘山日出胜景，每个人的心中都有无尽的遗憾，却谁也不愿说出来，收拾好行李，一溜烟跑下山去了。

今年的五一长假只有三天，哪儿也去不了，就决定带女儿去看杜鹃花。我们去得晚，三点半从黎溪出发，五点到龙肘山脚下。车刚开到山口，就有护林的村民拿着本子来让我们签字，我们以为要收门票，早已做好了讨价还价的阵势，结果人家说不收钱，但是不能在山上生火，更不能摘花，否则要罚款。

一路上给两个孩子讲着当年爬山的经历和龙肘山的日出胜景，顺便也给他们讲了关于索玛花的知识，两个小家伙无限向往地说：“你们也太弱了，爬个山都半途而废，等我们长大了，一定要自己爬到山顶去看日出！”

五点半的时候，我们终于来到了半山腰，看到了传说中的花海，满山的杜鹃林枝繁叶茂，郁郁葱葱，高的，矮的；大的，小的；一簇簇，一丛丛；红的，白的，粉的，紫的，开得满山都是，像一只只展翅的杜鹃鸟，盘旋于半山腰，栖息于茂密的原始丛林之间。我们的车在崎岖蜿蜒的山路上继续行着，杜鹃林越来越茂盛，花的种类越来越繁多，枝繁叶茂，遮天蔽日，清澈的泉水在花丛里缓缓地流淌，忍不住停了车下去，装了满满一大瓶，每人尝一口，透心儿的凉，久久回甜。

再往上走一点，就看见许多人围在路口，原来是几个游客采了山上的花和杜鹃苗想带回去，被守山的村民拦在路上了。路边的山上有很多刚发芽的蕨菜，妈妈和杨大姐忙着去采，两个孩子忙着去追赶满山的羊群。放羊的彝族大妈笑眯眯地看着羊群，用彝语和他们说着什么，露珠儿听不懂，只顾着傻呵呵地笑。露珠儿最爱小动物，看到满山的羊群高兴得不得了，一个劲儿地嚷嚷着要与那只小山羊合影，可惜小羊跑得太快，怎么也拍不到，只惹来阵阵欢笑。

在半山腰玩到六点多，我们又继续往前走，还没到山顶，两个孩子就又忍不住了，吵着要下去爬眼前的这座山，还说在路边看见了一块刻着字的石头，要下去看个究竟。我知道那是山里老乡根据当地习俗，要找那棵古树给孩子做干爹立的石碑。两个小家伙下了车就抓不回来，顺着路边的那座山往上爬，钻进杜鹃林里不见了踪影。我们几个大人跟在后面喊，实在追不上，就坐在花树下休息。天快黑的时候，两个孩子依依不舍地从山顶下来，手里捧着在山上发现的“宝物”（石头），说是在山顶“考古”发现的“火山遗迹”！

天色已晚，我们不可能再往上走，只得下山，两个孩子累了，也乏了，一路走，一路睡，满天的星星将龙肘山的夜空装点得分外美，车窗外满山的索玛花静静地绽放着，凉爽的山风携着花香为我们送行。

冬日暖阳

连续几天的寒潮渐渐退去，金灿灿的阳光照在麦田里，那些刚刚长起来的麦苗泛着醉人的绿，隔壁家的院墙上攀缘着长长的藤蔓，开满了黄色的火炮花，拉开窗帘，打开窗户，花香一缕一缕地袭来。

换上我最喜欢的宝石蓝风衣和布靴，独自穿过那一片绿油油的田野，风暖暖地吹着，偶尔还有燕子从头顶飞过。水洼里的冰块还没有化尽，晶莹剔透，拿起一块，透心儿的凉，将它慢慢放回原处，涟漪一圈一圈荡漾开去……窄窄的田埂上长满了厚厚的野草，枯黄中泛着倔强的绿，小甲虫携着一家老小，在松软的泥土里钻进钻出，把原本就不牢固的田埂“打理”得如席梦思般柔软。

麦田的尽头有一个不太大的池塘，边上有两棵柳树，所剩无几的叶子泛着淡淡的黄，在暖暖的阳光里飘摇，落在清粼粼的水里，随着水波一圈一圈地荡漾。池塘边长满了野生腊柳，一簇簇，一丛丛，花穗细细长长，粉中透着白，叶子也泛着淡淡的红，那细长的枝干挑着长长的穗，在金灿灿的阳光里尽显妖娆。看似不起眼的狗尾巴草，掺杂在那一抹红晕中间，长长的叶子，雪白轻盈的“狗尾”，在微寒的风里抖落许许多多的绒毛。池塘的另一边，不知是谁家的孩子，戴着红色的太阳帽，拿着鱼竿，心急火燎地向池塘里张望……那些见惯不惊的乡间野菊，露出鹅黄的花蕊，舒展开绿绿的手臂，蔓延在乡间的田野。

山脚下的村子里升起了炊烟，放羊的大叔赶着羊群进入我的视线，农家院墙上三角梅开得正艳。采一把狗尾巴草，沿着乡间的泥巴路走回家，把草儿插在玻璃瓶里，阳光透过窗户暖暖地照进来，草儿的清香弥散在我的世界。

郊外，那一片美丽的荷塘

“江南可采莲，莲叶何田田……”这是汉乐府《江南》里的诗句，以前并不曾过多关注，看过《甄嬛传》，看过那些花一样洁净的女子在深宫中的悲剧，便牢牢记住了姚贝娜，记住了“莲叶深处谁家女，隔水笑抛一枝莲……”的句子。一直想着要去寻一幅这样的梦境，要把“水为眉，月为眸……且听风吟”的意境变为最是那一低头的温柔。

再次来到郊外，来到我喜欢的田野，是在盛夏七月。站在荷塘边的田埂上，成片的荷叶在风里摇摇摆摆，挨挨挤挤，满满的荷塘，满满的绿，偶尔有一两朵白色的小荷从缝隙里冒出来，清雅别致，像极了童话故事里的小仙女。小小的米雀掠过清粼粼的湖水，翅膀沾了水，扑棱棱一声，便从荷塘里惊起，飞溅的水花在金灿灿的阳光里幻化成梦一样的意境。

荷塘里的阿婆挽着裤腿，戴着草帽，正顺着田埂拔草，一只红色的蜻蜓飞过来，静静地立在她身边的小荷上。阿婆直起身子，用衣袖拂去额上的汗水，那蜻蜓好似受了惊扰，扇动翅膀，绕着小荷，绕着阿婆，飞走了。扔掉脚上的鞋子，跳下荷塘，用手指在同一个地方不停地画圈，那些盖住水面的浮漂草便慢慢绕开去，成群的“小媳妇”顺着水涡摇头摆尾地游来，猛一伸手，竟然捧到一只，采来一张荷叶，盛上水，任鱼儿在里面“跃龙门”。阿婆捋了捋额前的头发，递给我一枝含苞待放的小荷，呵呵地笑着说：“你下来干啥子哦，可惜了你那一身白花花的衣裳。”

夕阳终于隐去了光芒，谢过阿婆，拿着她送我的小荷，捧着“小媳妇”，一路嬉笑着驱车回城，心里不禁又冒出“江南可采莲，莲叶何田田……莲叶深处谁家女，隔水笑抛一枝莲”的句子。

大海子：痛没有声音

大海子其实不是海子，只是堰塞湖。大海子其实并不大，说她大，只是因为当地缺水，缺水的地方能有这么一片湖，自然稀奇无比，在人们心里其大无比。

——朵行记

1

“大海子干涸了！”我告诉母亲，她无论如何也不相信，重重地拍着桌子说：“咋可能！等大海子都干了，那还了得！”

但事实是：大海子真的干涸了！方圆几百米的湖面皲裂着脸，仅湖心还汪着簸箕大的一泓清水，暗黄的淤泥龇咧着嘴唇，一块挨着一块，用手轻轻一掰，就碎了！鱼儿、贝壳、螺蛳、水马……成群结队地移向湖心，小小的水洼拥挤不堪，一张张饥渴的呷着的嘴唇，虔诚地向着天空。

附近的村民们蜂拥而来，挑着水桶，扛着锄头，拿着撮箕，背着捕鱼器……疯了似的奔向大海子。男人们挽起裤腿，跳进湖心，用撮箕捞，用捕鱼器打，有的高举着锄头，掘出一个又一个的深坑，再从湖心挖出一条条小水沟，将那唯一的水源据为己有。女人们领着孩子，蹲在泥块上，用锄头撬起躲在淤泥深处的大贝壳，巧妙地将壳去掉，把肉装在桶里，带回家去喂猪；淤泥深处还埋着许多野生的菱角，挖起来，洗净，咬开，雪白的果肉，淡淡的清香，只是水分少了，嚼着像干粉。

母亲站在公路边的细叶子桉树下，无比忧愁地看向湖心："干了！真的干了！我活了几十年，从没听说过大海子干涸！"

但是大海子真的干涸了，到最后连一滴水也没有。

人们还在使劲儿地挖，狠劲儿地刨，成群的绿头苍蝇从四面八方飞来，围着大堆死鱼的尸体，嗡嗡地闹着；死去的贝壳真的只剩下了空壳，白花花的，亮堂堂的，一堆挨着一堆，像山丘，像坟头。曾经无比美丽、神秘的大海子，就这样裸露着干瘪的身体，任人们在她曾经神圣不可侵犯的肌肤上蹂躏践踏，制造出无数血淋淋的伤口来。

她痛着，但是没有声音。她哭着，但是流不出眼泪。

2

记忆里，第一次走近大海子是九岁。那年，小姨搬新家，大舅包了辆大卡车载着四五十位亲戚去"进火"（娘家人为出嫁的闺女庆祝乔迁之喜），大海子是必经之路。我们站在车厢里兴奋地向着大海子挥手，清粼粼的湖水碧波荡漾，大片大片的荷叶平铺在水面上，鹭鸶、野鸭、水点雀……扑棱棱地掠过湖面，水花飞溅。人们戴着草帽，划着小船，撒着渔网，唱着山歌，灵巧地穿梭在湖面上……

附近的村民口口相传着一个故事：从前，大海子是一条街，有一天，突然来了一匹白马，吃了人们的庄稼，村民们商议要将它打来吃掉。有一对善良的老夫妻，不忍心吃白马的肉，夜里，白马投梦给老奶奶，告诉她村子要沉，睡到石臼里有三滴水就赶紧跑，千万不要回头。但是两位老人醒来时，石臼里已经有两碗水了。慌乱之中，两人跑向不同的方向，听见身后轰隆隆的水声和人们的哭喊声，二老同时回头挥手呼喊，却瞬间被定在那里，变成了两尊回头的石头……有一年，人们到湖心打鱼，曾从湖底捞起过油坛、箱子，只是打开见着太阳，里面的猪油和衣物立刻就化成了灰。

咀嚼着这些美丽的传说，大海子越发神秘，远远近近的人们慕名而来，划着小船到湖心撒网打鱼，摘菱角，在湖边采藕，捡贝壳，大海子已然成了人与自然亲密接触的天堂。

后来我工作了，学校就在离大海子不远的镇上，闲暇时，最喜欢领着学生去大海子，捞小鱼，捡贝壳，采荷叶，或寻一块空地，下一盘象棋，打一回扑克，画一幅美丽的风景。远处牛羊悠闲地吃草，日子静谧而又美好。

但是不知从何时起，大海子边沿的菜园、稻田、玉米地越来越多，越围越拢，靠近公路的地方还泊着一艘巨大的船，做的是餐饮，各种美食的香味弥漫在空气里，夜晚还有唱卡拉 OK 的人在嘶吼，周围的矿山上，机器轰鸣，永不停息……大海子的水域越来越小，那些水淹不到的地方，渐渐长满了草，野鸭将家安在靠近水面的草丛里，鹭鸶几乎绝迹了。

3

经历了劫难的大海子，一两年都没有蓄上水，好不容易下了一场大雨，蓄了一点点水，人们又蜂拥而至，挑的挑，抽的抽，要不了几天就又干涸了。野腊柳、飞机草、铁纤草……这些霸道的生物入侵者，很快抢占了领地。人们也不甘示弱，牵着牛，拖着犁铧，将玉米地向湖心又移近了点，有的干脆赶着牛羊在草地上尽情地放牧，牛粪、羊粪、驴粪滋养着野草，越长越茂盛，很快就比人还高了。

连续几年的干旱，加重了当地老百姓生产、生活用水的老大难问题。当干旱再度来临时，人们连人畜饮用水都困难了，有一年甚至要到很远的地方去背水、拉水，那些辛苦开垦出来的玉米地、菜地，渐渐又长满了草。人们苦苦地熬着，像大海子一样干涸，看到天空飘过一朵乌云，就欣喜若狂，渴求着马上就会有一场大雨倾泻下来，但是乌云往往只停留一会儿，就又散了，火辣辣的太阳晃得人睁不开眼。

大海子痛着，但是没有声音。她哭着，但是流不出眼泪。

终于，戴着安全帽的工程师来了，庞大的机械也来了……经过艰苦卓绝的努力，金沙江的水翻山越岭来到了水厂，大海子水利枢纽工程启动了，坝埂一天比一天高，从力马河水库到大海子的主体工程基本完工，从关河田房村到大海子的坡面水全部进入大海子……大海子终于又有水了，渐渐漫过那些水草，向周围的菜园、稻田、玉米地扩展。

湖面上，鹭鸶又零零星星地飞回来了，野鸭又开始钻在草丛里生蛋，只是鱼儿依然很少，水面上荡漾的不是荷叶，而是还没有被完全淹没的野腊柳……

深夜，路经大海子，水波轻轻地拍打着田埂，似在无声地讲述着那匹白马的传说。远处的山上，两尊回头石若隐若现，在朦胧的月光里幻化成老夫妻的模样，正向着大海子的方向挥手呼唤……

第二辑

淌在时间里的亲情

再忆那段非同寻常的日子

我大学毕业的那一年，正好是失业人口最多的时候，下岗职工和无数大中专毕业生凑在一起，我们成了社会上的闲杂人等。我就这样眼巴巴地等着，而且一等就是三年。

今天，“一村一幼”辅导员招聘开始了，隔壁办公室挤满了人，也许是因为触景生情，竟然有了想将它记录下来的冲动。我就这样杂乱无章地写着，漫无目的，从下班一直到晚上十点，居然忘记了吃饭。诸多心痛，几次感觉喉头哽咽，但是始终没有落下一颗泪滴。

1993 年，父亲下岗，我上高中，妹妹上初中，父亲每月仅有 80 元生活费，为了供我和妹妹上学，父亲回乡当了农民。

我们村头有条癞子岩河，河岸上是我家的自留山，全是白沙土，既适合种烤烟，又适合糊墙和浆楼。早些年日子艰难，交通也不发达，附近村民起房盖屋都会到那里去挖白沙土，久而久之，这一片山坡就被挖得坑坑洼洼，肥泥几乎没有了。

每到寒暑假，父亲就领着我们，拉着水牛，拖着犁铧，在那座山上拼命地劳作。母亲挖灌木丛，父亲把土犁松，有时也用铁镐挖，挖到石头就会溅起火花。我和妹妹把不均匀的肥泥挑到低洼处填平，用锄头把土疙瘩砸碎。等我们开学了，父亲和母亲就加入抗旱栽烟的队伍，一边栽，一边浇，十几亩地，他们早上用肩挑，白天挑不动了，就把水桶装在胶轮车上慢慢地拉。火辣辣的太阳，将父亲晒得跟炭一样黑，原本就多病的母亲，在如此艰辛的劳作下，身体每况愈下，更年期也提前来临。我一直不愿意触及这段经历，因为我的父母在这一段日子里真的太苦了，尤其是父亲，突然下岗的打击，农民生活的艰辛和无规律，让他在短短的时间里变得又黑又瘦，像垮山一样坍塌下去。

1996年，我高中毕业，妹妹初中毕业，因为家庭困难，我们填志愿的时候，就只敢报那些收费较低的学校，为了缩短求学年限，妹妹连高中志愿都没有填，直接上了中专。那年暑假，我和妹妹跟着父母没日没夜地在烟地里忙碌，采烟、编烟、装烟、烤烟、拣烟、卖烟，烟油将我们的头发黏成了一片，衣服脏得不成样子，手被浸润得又黄又黑。

8月下旬，地里的烟叶所剩无几，父亲捧着计算器，拿着烤烟单据，坐在灯下一遍又一遍地计算，他说有12000元了，如果都能取出来的话，我们的学费、车费和头两个月的生活费就都有了，我们为此兴奋不已。但是那天下午父亲却愁眉苦脸地回来了，因为烟站付不起烟款，父亲只领到一千多元钱，其余的都是单据。接下来的几天，父亲开始挨家挨户地找亲戚朋友借钱，好不容易凑够了学费，又开始愁生活费。

1997年的暑假，家里还是只有一大沓烤烟单据，临近开学，父亲几乎借遍了所有的亲戚朋友，依然凑不够学费。

那天早晨，我和三哥在地里拔草，累了就坐在地埂上闲聊，我憋了很久才说："我不想读书了，家里穷成这样，再读怕是永远都还不起这些账了！"三哥盯着我看了几秒："你傻了，还是疯了？好不容易考起个大学，你居然不读了？我回去跟爹爹说，他肯定会借钱给你们的。"晚上，大伯果然送来了2000元钱，他说不够的话再去拿，那时我真的很感激，感激父母把我过房给了大伯，感激大伯和大妈把我当成了他们的亲闺女。

父亲和母亲在那些艰难的日子里，过着异常简朴的生活，经济最为拮据的时候，父亲曾用作业本纸裹烤烟碎片过烟瘾，母亲更是几年没有买过一件新衣服，病了也舍不得花钱去看医生。他们拼命地养猪、养鸡，每天深夜，家家户户都睡了，母亲还在地里浇菜，回家的时候背上背着一大篮黄菜叶，肩上挑着水桶，父亲还在烤烟房里烧火，查看温度计。

寒冬腊月，那些不用供孩子上学的人家，都聚在场坝上打扑克牌。父亲和母亲则天天背萝卜、白菜、莲花白到集市上去卖，那时候农产品不值钱，蔬菜一两角钱一斤，大米四五角钱一斤。母亲卖了东西回来，无论多少都交给父亲，父亲用一个小本子记着，慢慢地攒着，等接到我们的信，父亲就会走两个小时的山路，到邮电局去给我们寄生活费。母亲实在坚持不住了，就反反复复地念叨："干脆不供了，反正姑娘长大了都是别人家的!"父亲一听就发火了："你倒是好好熬着，别人不供我要供，我这俩女儿将来一定会有出息的。"母亲于是又有了信心，扛着锄头，在火辣辣的太阳下唱起她最爱的歌。

每次放假回家，看着父母日渐衰老的样子，心里总会涌起无尽的酸楚，随便扒拉两口冷饭，换掉在学校里穿的干净衣服，扛起锄头就下地了。每次看到父亲拉着水牛犁地，看到他气喘吁吁、体力不支的样子，就会懊恼地想：为什么我不是男儿身？曾经无数次想过要接过父亲手里的犁铧，想要帮他分担，但是母亲说女子犁地会带来干旱，不准我们动这样的念头。

终于熬到大学毕业，父亲憧憬着我会有一份工作，不但可以养活自己，还可以帮家里减轻负担。但是现实并不如父亲想象中的那般美好，寒门子弟的就业之路本来就难，加上处在那个失业的高峰期，我们这些三流大学的毕业生自然成了待业青年。

毕业会餐的第二天，我踏上了打工的征程，拉面馆、录像厅、姚肥肠酒家、仁和茶楼、火把节展销会……只要能养活自己的地方我都去了。我和所有的打工妹一样住在连门都没有的屋子里，隔壁住着和我们一样来自四面八方的打工仔，他们时不时会发出一声怪笑，为了安全，我们在床沿上拴铃铛，用废弃的洗衣机抵住门板，把啤酒瓶倒立在地上。我不敢跟别人说我是大学生，因为那样更不会有老板聘用我，在那样的环境里，文凭远不如经验。

毕业以后的很长一段时间，我就这样四处漂泊，不敢回家，不敢面对父母期待而又失望的眼神，父亲已经为我们倾尽所有，他最大的愿望就是可以理直气壮地告诉别人："我女儿已经工作了，领工资了。"这对于父亲来说很重要，是他辛劳一生的价值所在。

后来，我的手腕莫名其妙地痛起来，痛得撕心裂肺，我没有钱到正规的医院去看病，只能到路边的小诊所，那里的老中医给我贴过膏药，打过封闭针。大概熬了一个星期，我的手腕伸不直了，又肿又疼，我带上仅有的 70 元钱去了州一医院，我的同学李映莉陪着我，我们排了一早上的队，终于看到了医生，医生说是肌腱炎。但是等我去拿药的时候，才发现药费要 120 元，我身上只有 70 元，我再也没有力气折腾，抱着手腕坐在椅子上悄悄地哭了。李映莉说："你就在这里，我去借钱。"12：35，她终于借来了钱，但是医生却冷冷地说："下班了，下午再来。"我们就这样在医院的走廊上坐了两个小时，叶子一片一片地飘落在地上，天气凉飕飕的，我终于决定回家，回到父母身边。

在家的日子，手腕上的炎症慢慢地消退了，每天跟着母亲去干活，总有人来问："你大学毕业了，咋还在家里当农民？"父亲一出门就会有人指着他说："何苦呢？花那么大代价供姑娘读书，辛苦成这样，还不是在家里当农民！"父亲于是就急急地走开，像受了什么奇耻大辱。

在某一个时期，我成了邻近村庄所有人关注的焦点，大家都以我为例，传播读书无用论，劝自家的小孩不要上学，应当出去打工。也有人开始为我介绍对象。父亲开始变得消沉，不愿意出门，他讨厌那些人到我家来说媒，他更讨厌那些人总是说："你家姑娘是大学生，没有工作也不咋个，这家养得起!"父亲觉得自己受了侮辱，他一生的精神支柱因为我的碌碌无为而倒塌了。父亲曾不止一次地暗示我走出去，不要待在家里，他受不了。我也曾三番四次地背着行囊离开家，踏上漫无目的的打工征程，但是我终究没有闯出什么名堂。

后来，父亲托人在邻村的小学给我找了一个代课的差事，他总说不能把学到的东西忘了，他一直坚信算命的说过我要教书才有出息。每天早晨，我帮父母做好早饭，然后翻两座山去上课，下午再翻山回来。父亲一直沉默着，很少说话。那一个学期是夏天，天气异常炎热，走完两趟路，常常汗流浃背，我却乐此不疲，因为上课的那几个小时属于我自己。我很有兴趣地教那些孩子，尽管我学的东西不一定都用得上，但是我喜欢教他们编歌谣、画画，给他们讲故事，带他们到学校外面的水沟里去捞蝌蚪。那时候代课的工资很低，每月只有100元，月底只能领到乡政府拨下来的50元，村上的要等有了再发。我在那里代了一学期的课，领到200元钱，另外200元，是我怀着女儿六个月时才领到的。

第二个学期开学的时候，我家来了一个人，他就是绿湾小学的负责人沈国金，他说他是专门来请我去代课的。父亲为此很高兴，他觉得绿湾离县城又近了一步，比我先前代课的小学要先进，况且人家还是自己找来的，说明人家懂得大学生的价值。父亲欣然应允，第二天就帮我背着行李去了绿湾小学。学校很简陋，也很破旧，但是我却一眼就喜欢上了这里，因为学校周围的柿子树上挂满了黄绿相衬的大柿子，在我看来异常地美，更重要的是我将在这里拥有自己独立的天地，不用再每天面对村里人的询问和父亲期待而又失望的眼神。

我上课的教室很小，凳子缺胳膊少腿，后面堆着一大堆柴，没有板凳坐的同学就把那些树桩立起来，摇摇晃晃地坐在上面。每天早晨，学生们都会给我带小瓜和蔬菜，还有绣球花和大柿子。下课后，还会来教我打井水。我喜欢把绣球花和柿子穿成串挂在窗子上，然后坐在那里一直看。

那时候，绿湾小学唯一的两个公办老师，一个是后来成为我徒弟的代成坤（因为我会叠千奇百怪的千纸鹤和信纸，还会读许许多多的诗歌，我因此成了他的师傅）；另一个是校长沈国金，我几乎用崇拜的眼神看他们，因为他们可以拥有独立的寝室，还可以用蜂窝煤炉子自己煮饭吃。我因此告诫自己，只要有机会参加招考，我一定要考上，无论多么艰苦我都会努力，我决不会让父亲永远活在失望里。

毕业后的第二年，我正和二嫂她们在田里栽秧，父亲一路小跑，送来一个信封，原来是县教育局招考教师的通知，分配地点是村小，代课三年后视情况可以转正。父亲笑眯眯地看着我，那一瞬间我高兴疯了，把手里的秧苗扔得满田都是。父亲、二哥和三哥更是把这件事当成特大喜讯来庆祝，大忙时节，居然舍得在家里喝了整整一下午的酒，父亲的喜悦挂在眉梢，挂在那些深深浅浅的皱纹里。考试结果出来了，我考得很好，第三名，但是却在最后时刻被告知电大生不在本次招考范围之内，我又被打回原形，父亲因此沉默了好久。

2000年，我已结婚，并且有了女儿，每天疲于奔命地四处练摊，却只能勉强糊口，生活的奔波与劳碌，让我无暇顾及曾经的那些梦想，我甚至忘记了自己是大学生。偶尔听到父亲念叨：“学到的东西不能忘，算命的说你还是要教书才有出息。”我就会惆怅地想：这一生难道就这样过吗？我也曾无奈地告诉父亲，我已经不再想这些了，我这个年纪可能连参加考试的机会都没有了。

但是2001年8月，我居然又接到了招考通知，而且是两份，一份是公务员考试，一份是教师招考。这一次父亲很平静，我也很平静，我决定考公务员，那时候教师是个香饽饽，几次三番的折腾，我已信心全无。当我抱着只有十个月大的女儿去考试时，父亲将我代课时攒给他的600元钱递给我，然后说了一句："命里有时终须有，我还是希望你去考老师。"

到了会理，看着我们那里的唐老师正在给他女儿找复习资料和补习老师。下午吃饭的时候，三哥说："他们家是全力以赴备考，势在必得。"不晓得为什么，那一瞬间，我突然改变了主意，决定按照父亲的意愿报考教师。

因为要带孩子，我根本就抽不出时间复习，临进考场了头还晕乎乎的，《大学语文》一页没看，《教育学》看了55页，《心理学》看了21页，结果我居然考了全县第六名！成绩出来的时候，我自己都不敢相信，抱着女儿急急火火地跑到教育局去问负责的老师，结果他笑着说："你最后一个报名，考了全县第六名，双喜临门，以后要好好珍惜！"我抱着女儿疯疯癫癫地跑到街上，找公用电话把喜讯传给父亲。我一路走一路反反复复地告诉女儿："露珠珠，妈妈有工作了！姥爷该高兴了！"小娃娃似懂非懂，咿咿呀呀地拍打着我的脸。

2001年8月27日，我一直牢牢记得这个日子，那天我走进了黎溪中学，正式成为了老师。很多人都不相信，觉得太戏剧化了，但是父亲却说一切都是命中注定。

十四年弹指一挥间，女儿长大了，上高中了，学生们一届又一届地毕业了，我的散文作品开始见诸报端，散文集《有人送我一棵草》成功问世，各种荣誉、赞誉接踵而至。在这些耀眼的光环里，偶尔会沾沾自喜，浮躁的情绪滋生在那些不经意的幻梦里，我于是忍不住问自己，曾经的那些梦想真的全都实现了吗？那些风风雨雨的日子难道都忘记了吗？我于是又开始警醒自己。

我不愿轻易对人提起这段非同寻常的经历，因为我害怕触及那些永远也无法抹去的伤痛和憋屈，偶有懈怠，便会想起那些没有方向，没有目标的日子，眼前重重叠叠的全是父母辛劳而又佝偻的身影。我因此时时告诫自己，无论做什么工作，无论环境多么艰苦，都要坚持努力，因为寒门子弟输不起。

传奇外婆

夜，似乎有些深了，窗外静悄悄的，一点声音也没有，月光顺着窗隙照进来，形成许多大大小小的光影。我愣愣地坐在床上，想着刚才的梦境：外婆穿着蓝布衣衫，戴着青布包头，站在院墙外的老桃树下……

在我的记忆里，外婆始终穿着自己缝制的浅蓝色老式对襟衫和布底鞋，腰间系着黑底白花的绣花围裙，头发绾成一个髻，戴着青布包头。外婆是个极爱干净的人，每次洗完头，都会把包头布打开，洗干净，晾晒在屋檐下，一圈又一圈，缠缠绕绕，足有一丈多长。晚上，外婆干完农活回来，就会挽起袖子，把晒干了的包头布平铺在桌子上，反反复复地对折，等折到合适的宽度，再根据头形一圈一圈、紧紧实实地缠成帽子的形状，用针固定好，放在床头的柜子上。每到这时，外婆的心情总是很好，哼着小调，左看右看，我们于是就要赖向外婆要包头戴，外婆拗不过，小心翼翼地把宝贝戴在我们头上。

小时候，我一直对自己有两个外婆，一个外公，三个舅舅，三个姨妈，三个小姨的事感到好奇，但是每每张口问，便会遭到妈妈严厉的呵斥："小女娃娃家不要多嘴多舌，两个外婆都是亲外婆，所有的舅舅姨妈都是亲人。"于是我就只得闭嘴，悄悄地坐在一边，默默地猜想外婆的经历。

据说外婆的前夫是外公大伯家的儿子，婚后不久便离开了人世。我们家乡自古就有"哥死嫂配小叔子"的习俗，因此外婆就顺理成章地嫁给了外公，并生下了姨妈。外公的一生颇为传奇，跟着马帮赶过马，被国民党抓过壮丁，在外婆之前还有过两个妻子：一个在云南，一个在四川，有一个早死，另一个好像是被休了。

外婆生下姨妈不久，外婆的小叔子也去世了，长辈们怕家产落入外人之手，就按照习俗把外婆的弟媳也嫁给了外公，这就是我的小外婆。小外婆带来了两个女儿，也就是我的另外两个姨妈，家里的关系开始变得微妙起来，婆媳之间，妯娌之间，姑嫂之间，夫妻之间，姊妹之间，各种矛盾细微地存在着。外公作为这个大家庭的主心骨，周旋于各种矛盾中间，自然不容易，加上大大小小的孩子陆续降生，养家糊口的压力也越来越大，外公的脾气变得异常暴躁，还好两个外婆相处和气，才没有助长这种暴脾气。

外婆出身于贫穷人家，端庄贤淑，勤劳善良；小外婆出身于相对富裕的家庭，裹着小脚，心灵手巧，刀子嘴豆腐心。记忆里，两个外婆从来没有公开红过脸，也没有大声争吵过，对十个孩子也都视若己出，一视同仁。无论是谁的孩子犯了错误，都可以管教，有病有痛大家一起照顾，尤其是不准十个孩子在家里分谁和谁更亲，因此兄弟姊妹间一直相处得很融洽。

从小我就听妈妈说，外公家规甚严，比如：除夕夜盛饭，中间要留出“谷粒堆”；大年初一定要早起，不准大白天睡觉；女孩子不准夜不归宿，不准披头散发；大人说话小孩子不准插嘴；进门不能踩门槛，更不能站在门槛上；女孩家坐站都要把双脚并拢，不能跷二郎腿，不准左右摇晃……谁要敢违抗，外公就会用老烟锅头敲过去。两个外婆都是极善良的人，不管是谁的孩子挨打，看着外公教训得差不多了，另一个就会主动站出来制止。挨打最多的是大舅，因为他最调皮，老闯祸。有一次，外公把大舅关在堂屋里用抵门杠打，剩下的九个孩子围在门外哭。

小外婆因为顾忌大舅是自己生的孩子，出来说话怕外公骂她护短，外婆听见大舅叫得凄惨，就跑出来骂外公，直骂到外公停手为止。

那时候的农村异常贫穷，天灾人祸连连不断，我无法想象在这样艰苦的环境里，这个特殊的大家庭还能母慈子孝，夫唱妇随，姊妹和睦，相互帮衬着过日子。我更无法想象外婆在那样的大家庭里，所吃的苦所受的委屈，我只知道三年严重困难、食堂化，外公和外婆都差点累死、饿死，“文化大革命”时，外公又差点被斗死。后来，日子实在过不下去，外婆就带着姐弟三人搬出来单过，外公对他们的照顾也就越来越少。妈妈说生活最困难的时候，他们吃过“沙老树”的根、朴树叶、面蒿和野菜，也吃过胡萝卜叶子拌饭。

外婆不识字，却很会讲故事，直到今天我也还记得外婆讲的《小叫花子讨饭，理连理》《穷孩子煮老变婆》《不孝子背老木妈》的故事。外婆讲得最形象的是“老蛮子”抢粮食的生活经历。外婆说那些人扛着枪，说着村里人听不懂的话，一进门就拿枪筒抵着老百姓的脖子，叽里呱啦地嚷着“急膳圆”。外婆说她不知道“急膳圆”是什么，只知道他们来了就抢猪鸡牛羊和粮食，她觉得“急膳圆”就是吃的东西。为了一家老小的生计，只要听见风声，外公就带着家里人把粮食背到村子下面的瓦窑沟里藏起来，只留“憨大姑妈”在家里和他们周旋。“憨大姑妈”是个哑巴，面对枪筒，不管不顾，只管拿着棍棒跟他们比画。外婆说即使他们藏得很远，也能听见“憨大姑妈”叽里呱啦地和那些“老蛮子”吵架的声音。关于这一段记忆，外婆描述得很具体，每一个细节都讲得清清楚楚，脸上的表情异常凝重，眼里充斥着愤怒和悲苦，说到“憨大姑妈”，更是充满怜悯。我不知道这些所谓的“老蛮子”究竟是什么人，但是根据外婆的描述和她出生的时间来推算，“老蛮子抢粮食”的故事应该发生在二十世纪四十年代。

外婆的一生是悲苦的，也是寂寞的。在我的记忆里，外公很少来，来了也是坐会儿就走。姨妈和妈妈相继成家后，外婆就和舅舅相依为命。后来，舅舅竟然莫名其妙地变得有些神经质起来，他开始夜不归宿，到处乱跑，有时会半夜三更跑到我家来。外婆的日子变得更苦，每天除了干活，还要找舅舅，生怕他有什么闪失。后来，经过调理，舅舅终于恢复正常，并且在我四岁那年，娶回了舅母。舅舅娶亲那天，外婆家异常热闹，院子里用松枝搭着“亲棚”，门楣上拴着大红花，长长短短的唢呐欢快地吹着。外婆穿着浅蓝色的衣衫，戴着青苏苏的包头，站在院墙外的山桃树下迎接新娘子。桃花开得正艳，外婆开心地笑着，口里不停地说着吉利话。

但是这种幸福并没有持续多久，在舅舅婚后的第二年，我的哥哥就淹死在水库里，妈妈几近崩溃，长病不起。爸爸要去上班，于是外婆就在她家和我家之间来回奔走。那时候，外婆已经六十多岁了，她家和我家隔着两道山梁，中间有两条河，路线相当于一个大写的“W”。外婆不辞辛劳，每隔两三天就来一回，帮我们洗衣服，做家务，浇菜园。

但是厄运并没有就此止步，在哥哥离开后的第二年冬天，我和舅舅相继住进了医院，病情疑似当时流行的脑膜炎。一个星期后，舅舅因高烧、吐血不止，不治而亡，我却稀里糊涂地恢复了健康。舅舅的离开，对外婆是致命的打击，她开始变得意志消沉，神情恍惚，背越发地佝偻，听力也在逐渐下降。

外婆不再自己缝制浅蓝色衣衫，不再一颗一颗地用布条扭盘扣，包头缠得不再那么紧实，围裙上不再有花朵，她只是每天机械地做着家务，照顾着两个加起来还不到六岁的孙女。

所幸的是，两年后，舅妈招赘来的舅舅对外婆很孝顺，说话轻言细语，有好吃的都留给外婆，有病有痛背进背出，娘俩儿相处得比亲生的还和谐。小外婆所生的七个孩子对外婆也是犹如亲生母亲一般，逢年过节，生招满日，都要来看望外婆，嘘寒问暖，四姨和小姨就嫁在村子里，隔三岔五的总会来陪外婆聊天。外婆因此不再那么寂寞，渐渐地，她又开始坐在山桃树下给我们讲“小叫花子”和“老变婆”的故事，那些白色的花朵又开始出现在她的围裙上，直至去世。

“外婆！”我在心里深深地呼唤，眼里涌起湿湿的东西。倒一杯白开水，静静地斜倚窗前，婆娑的树影透过窗户印在墙角的绣架上，那棵我刚绣了一半的山桃树，似乎瞬间开满了花朵，外婆的身影若隐若现，似一个久远的梦又栖息在心底。

哥哥，你在那里还好吗

哥哥，今天是你的祭日，莫名的就有点伤感，也许是想你了吧。算算日子，你离开我们已经三十七年了，你的样子已经开始模糊，轮廓也不怎么分明，梦里的那个你却越来越伟岸，有时会骑摩托车，有时会和我说笑话……突然觉得你其实是在和我一起长大，今年，我给你糊的纸西服和皮鞋都比别人大一码，生怕你中年发福穿不下。

"哥哥，你在那里还好吗？你结婚了吗？"梦里，我常常这样追着你问，"嫂子漂不漂亮？生的男孩还是女孩？"你却一次也没有回答，幽幽地看着老沙包的方向，渐渐变成一座黑黢黢的山的模样。醒来，一夜无眠，那些有你的日子哭着，笑着，闹着，塞满我的脑子。

记得小时候，你外向勇敢，我怯懦胆小，你自然成了我的指挥棒和保护伞，你上学我也时常跟着，老师讲课时，我蹲在桌子脚边；老师不在时，我就站起来看你写字；下课了，你满操场跑，我就站在旁边看热闹。常有乡邻戏谑地说："那么胆小，等你哥长大了娶个恶媳妇，看你咋整？"你捏紧拳头，嘟着嘴，朝人家大声嚷嚷："不要你管，谁敢欺负我小妹，我揍扁她。"

那时，爸爸在外地工作，一年只回家一次，妈妈一个人在家里忙不过来，你领着我，除了煮饭、喂猪，还要承担起家里的小男子汉角色。我们一起抬泥巴补羊圈，一根扁担扛在我们的肩头，我在前，你在后，装在桶里的稀泥巴晃晃悠悠；我们一起挑水浇菜，我蹲在水沟边舀水把桶装满，你挑到地里去浇，因为力气小，每次只能装半桶；我们一起上山捡干柴，你爬到树上摘松果、折干树枝，我在树下捡，整整齐齐地码在竹篮里。

我们还一起喂过一头小毛驴，爸爸做了一个小马槽，我们每天把割来的青草放在里面，因为喂得好，小毛驴长得很快，等它稍稍大一点，我们就牵着它驮粪到小河边的稻田里去。有一年，二舅上学需要粮票，外公就让爸爸拿粮票去和他们家换粮食，我们俩拉着小毛驴翻山越岭去驮，一天要走三四趟，每次也只能驮一点点。走累了的时候，你就会偷懒骑在驴背上，我胆小，不敢骑，所以总是我牵着，你骑在上面唱："啷个哩个啷……吃块米花糖……"唱得山上放羊的老汉都跑来张望。

没有小妹的时候，我们最爱偷跑到外婆家去玩，天黑了，妈妈房前屋后到处找，找到的时候，我们在外婆家门前的牛路口那里又跳又笑，自然少不了要挨一顿打。后来有了小妹，你就得天天背着她在灶上煮饭，我蹲在下面烧火，烟一起，小妹就要哭，你生气了就骂，你越骂她就越哭，我拿烧火的手给她擦脸，结果饭煮熟了，家里就出了三个"花猫脸"。

在我的记忆里，你干的坏事也不少。有一次，你偷拿了别人的弹弓，放学后饭也不煮，到处乱窜，就想打鸟。妈妈干完活回来，拿着棍子满世界追着你跑。你一边跑，一边喊妈妈的名字，还说再打你就跳大水库，结果你是故技重演，跑去路上等下班回家的爸爸。天黑的时候，你跟着爸爸屁颠屁颠地回来，一脸得意的笑。我敢说你告状的本领绝对一流，因为爸爸听信了你的话，把妈妈的棍子全部收去扔掉，不准妈妈再打我们。

你还有一招，就是要挨打的时候赶紧喊："老爹（爷爷）救命，奶奶救命，我妈打我！"其实有时候妈妈连棍子都还没有找到，我们就已经开始喊了，大的小的喊成一片，又哭又闹，爷爷听见了，就蹿出来干涉，问妈妈是不是要把我们打死才好过！妈妈哭笑不得，我们却躲在角落里笑。你说如果妈妈在家，我们就跑到大门口去喊；如果妈妈在外面，我们就关了门再喊，这样奶奶他们就会来，我们就不会挨打！

爸爸第一次打你，是因为大清早你不做饭，到姨妈家盖房子的地方去凑热闹，还在人家那里蹭了顿饭。爸爸上的是夜班，天亮回来就和妈妈去砍柴，十一点多了回来没饭吃，又累又饿，猪圈里的猪也饿得怪叫，爸爸发怒了，拿起松柴棍要打你，你大喊救命。爷爷奶奶跌跌撞撞地赶来“救驾”，可惜这次你犯的错误太大，爸爸不听劝，拿个破瓜瓢给你端着，让你去要饭。

我们就这样在笑笑闹闹中长大，一起干活，一起玩耍，也一起挨打，日子过得很苦，但有时候回想起来却也很甜。

1981 年的秋天，你领了三年级的课本，却因为村里要重修小学，未能按时开学。凑巧的是农历八月十三日，爷爷说他要浇菜园，让你和大哥、小姑去放牛，结果你一去不复返，淹死在村头的大水库里。我记得那年你九岁半，我五岁多一点，你走时穿的是灰色咔叽布衣服，那是你留着等四叔娶媳妇时才穿的。外婆说小孩子穿新衣到了阴间会被别人抢去，爸爸就用烟头在你的衣襟上烧了个小洞。你安静地躺在横头坡老油坊废弃的一堵矮墙下，松涛阵阵，星辉闪烁，夜刮子肆虐地飞舞，你紧闭着双眼，像是睡着了一般，不发一语，我和一群小伙伴乖乖地守着你。爸爸请人连夜将那个小马槽改装成你最后的居所，许多人抬着你去往一个叫“一座坟”的山坡，一堆黄土掩埋了你。外婆说今后你就住在那里，再也不回家了。

“哥哥，你在那里还好吗？爸爸有没有找到你？你结婚了没有？”我忍不住又想这样问，“嫂子美不美？泼辣还是温柔？你们有孩子没有?”依然没有人回答，但是我还是想问，同样的问题在喉头反复回环。

哥哥，这一生，你是爸妈最大的骄傲，也是他们永远无法抹去的伤痛，尤其是妈妈，她没有文化，重男轻女的思想根深蒂固，从某种意义上说，你就是她的命根子。自从你离开，妈妈就再也没有真正开心过，无论我们多么努力，都无法代替你在她心中的位置。有时候，遇到和你一般大的男子，妈妈总会无尽伤感，拉着人家问长问短。如果这个人也属鼠，与你同岁，她就会盯着人家看了又看，滔滔不绝地讲你小时候的事，说着说着，就无端端地感叹：“如果我家小荣活着，应该也这么大了，娃儿都怕上大学了……”

三十七年，13320天，爸爸一生为了你郁郁寡欢，为我和小妹积劳成疾，他最终舍了我们去找你，愿他在那边能圆了父慈子孝、儿孙满堂的旧梦。哥哥，如今我已长大，不再那么胆小、怯懦，不会再继续做你的尾巴，你在那边要照顾好爸爸，经营好你的家。如果妈妈在梦里遇到你，请你一定告诉她你在那边一切安好，已结婚，已成家，无须挂念。

哥哥，三十七年的天人永隔，写满辛酸，写满痛苦，但是回想小时候的一切，心里似乎又有了一丝丝的甜蜜。今天是你的又一个祭日，唯愿你在另一个世界能够幸福平安。

母亲的当下就是我的未来

窗外，雨声滴滴答答地敲打着玻璃，像是夜的呼吸，“佛珠”已经长出了叶子，圆圆的，一颗挨着一颗，像翠绿的珍珠，一串一串地闪耀在灯光里。

母亲躺在沙发上，盖一条小小的毛毯，鼾声此起彼伏。我停止了敲键盘，走过去帮她掖了掖毛毯，让她快去睡了。母亲睁开眼睛，嘟嘟哝哝地说：“不睡，睡早了睡不着，我醒着的。”母亲稍稍坐起来一点，打了个长长的哈欠，我给她换了个频道，放的是农村题材的喜剧片《女人的村庄》。母亲一下子就乐了：“就是这个好看，有猪，有鸡，有牛羊，还种苞谷……”我无奈地摇摇头，问她要不要喝水，她说不要。问她要不要吃葡萄，她说酸得很。我把削好的苹果递给她，她倒是很给面子，接过去有一口没一口地吃着，眼睛盯着电视，时喜时悲，嬉笑怒骂，还主动给我当起了讲解员。母亲不识字，耳朵又不好使，看电视总是似懂非懂，讲解也是张冠李戴，东拉西扯。我本想纠正一下，又怕她生气，于是就口是心非地应着，坐回电脑前，继续爬格子。

母亲属龙，今年 64 岁，具有属龙人的聪明、细腻、敏感、多疑和神经质，加上不识字，听话听音，常常曲解别人的意思，乱用成语，让人啼笑皆非。比如：火麻子、火龙果就是清火的；大龄青年不结婚，一个人东漂西荡，就是脚踏两只船；班婕妤就是把鲫鱼搬到别处去。有时随口冒出的句子，诸如“飞天捉鸭子”之类的话，又会让人惊奇不已。

母亲有时极随和，无论我们怎么闹，她也不生气；有时又极古怪，明明好端端的她就生气了，把锅碗瓢盆弄得乒乒乓乓一阵乱响，我称这种情形为“山雨欲来风满楼”，要小心“防雷”。

有时母亲在心里憋闷了好多天，我们都还没弄懂她的心思，等到某一天，或许是因为我们没有听见她的问话，抑或是没有注意措辞，就会引发母亲心中的怒火，她不哭不闹，咣当一声放下手里的盆盆碗碗，躲进房里，连续几天不吃不喝，紧闭着双眼躺在床上，不出一点儿声气。

每到这时，我就束手无策，大气不敢出，每天小心翼翼地把饭菜端进去放在床头，无论她吃不吃，下午又换热的端进去，一天、两天、三天……这样的冷战，让人心惊胆战。熬不了两天，我就会缴械投降，搬个凳子坐在床前慢慢地哄，哄得口干舌燥了，就会乱七八糟地认错，有时也会试着讲道理。母亲先是不搭理，渐渐地就会流下泪来，像决堤的洪水，拖着长长的声音边哭边骂：“你们一个二个……毛干翅膀硬了，了不得了……说话大一声小一声，吼七吼八……都怪我命苦啊，就得一个儿子……阎王爷也要喊走……”母亲哭得上气不接下气，控诉得淋淋尽致，好像我真的是个“白眼狼”，应该拉出去游街示众，千刀万剐。

我心里千般委屈，万般无奈，却不敢回一句话，只敢老老实实地站着，想起哥哥，想起父亲，想起那些夭折了的兄弟姊妹，心中自是悲凉。偷偷溜出去找要好的姐妹来劝慰，她们一来，母亲就像遇到了知音，尽情诉说自己的苦楚，陈述我的“罪行”。暴风雨终于过去了，母亲的情绪缓和了，像什么事也没发生一样，每天笑眯眯地把家收拾得井井有条，还给我煮荷包蛋吃。

“哈哈哈……哈哈……”母亲在沙发笑得滚来滚去，拍手打巴掌，原来是李二白想把张西凤家的小白猪据为己有，为了不被人发现用染发剂给猪美容。母亲的笑声扰乱了我的思绪，只得放弃敲键盘，坐在沙发上陪母亲边看电视，边翻杂志。可是没过一会儿，母亲突然抽泣起来，一个劲儿抹眼泪，我放下杂志，专心看了一会儿才明白，原来是袁玲怀不上孩子、受公婆欺负的镜头触动了母亲的心事，她疾恶如仇地骂着恶婆婆，数落着当年爷爷奶奶对她的种种“恶行”。

我换了一个台，母亲的抽泣声渐渐停止，鼾声此起彼伏，灯光下，母亲的头发花白，心中想着如果母亲的孩子都还在，家里该有怎样的天伦之乐……

窗外雨声淅沥，女儿的电话如期而至，声音依然那么甜蜜、快乐，我无法想象，将来的独生子女要承受多大的养老、伴老压力，我老了，又将面对怎样的孤单、寂寞？

睿儿别走

睿儿，你是我弟弟刚刚出生的孩子，睿儿是我给你取的名字，但是还没等我告诉你，你就病了，然后你就以最快的速度离开了我们。

睿儿，从你刚出生的那一刻起，姑妈就在心里千遍万遍地说："睿儿，你要勇敢，你一定要挺过来！"可是睿儿，你辜负了姑妈，辜负了姑妈对你所有的期待，在出生后的第二天，你就在微弱的哭声中离开了我们，回到那个我们未知的世界。

睿儿，你是我四叔的孙子，四叔的突然离世是我始料未及的。怀着对四叔的想念和遗憾，我热切地期盼着你的到来。前天晚上凌晨12：20，你终于来了。当医生把你从产房抱出来的时候，我们可高兴了，四叔终于有孙子了，他可以安息了。我温柔地看着你，像欣赏一件艺术品，粉粉嫩嫩的脸颊，长长的睫毛，翕动的双唇，紧握的小拳头，你用大大的眼睛回望着我，活脱脱就是一个落入凡间的天使。

睿儿，在你还没有出生的时候，我就给你取了好多名字，准备了很多的婴儿用品，姑妈想把这世间所有的期待和爱都给你。可是睿儿，老天爷真会开玩笑，他让刚出生的你突然呼吸急促，医生判断你可能是受到地震影响，先天性内脏发育不全导致缺氧，因为地震发生时，你在妈妈的肚子里刚好三个月！我愕然了，我无法相信，小小的你竟要遭受如此折磨。

昨天中午，病危的你被送进了重症监护室，身上插满了管子，看着你乌黑的小嘴唇，看着你不再睁开的眼睛，看着你越捏越紧的小拳头，想着刚出生的你就要遭受如此折磨，我的心好痛。但是睿儿，你真是个勇敢的孩子，你不停地翕动双唇，喘着粗气，却依然喝下了爸爸喂你的奶粉和水！

睿儿，你用柔弱的生命，努力与病魔抗争了近十个小时！小小的你，勇敢的你，一直坚持到晚上 10：00，才停止呼吸，松开紧握的小拳头。我用纯棉的床单将你裹好，请医院旁边的老婆婆将你送到后山的松树林里。

睿儿，你走了，在这漆黑的夜里，满天星斗在向你招手，阵阵松涛落寞地安抚着你，我不知道它们有没有弄疼你。那一刻，我哭了，你的爸爸妈妈也哭了，他们说再也不生孩子了，因为你实在太可怜了。

睿儿，你知道你叫睿儿吗？“睿”，顾名思义“聪明睿智，守之以愚”，语出《孔子家语·三恕》，姑妈原想教你一笔一画地写“睿”，一点一滴地教你诠释“睿”，可惜，你却走了。睿儿，祈愿你到了另一个世界，依然记得自己叫睿儿，再见时，已化身成为致力于避免地震天灾的小天使。

美丽的期待

夜深了，月光如水，轻柔地洒在绿色的窗帘上。窗外静悄悄的，一点声音也没有，露珠儿静静地趴在窗前的书桌上，大眼睛忽闪忽闪地盯着天空，双手托着腮帮子，我故意从她身后走了几趟，她也没有反应。

忽然她回过头来问我："妈妈，你觉得我乖吗？"

"乖啊，我觉得你是今年最乖的小孩子，可以得冠军。"我认真地回答。

她不再搭理我，掰着指头数了数，又继续趴在书桌上，眼睛里的期待更热切了。过了几分钟，她直起身子，双手合十，满脸虔诚地说："亲爱的圣诞老人，你在哪里？不是说你会在圣诞夜给乖孩子送礼物吗？妈妈说我是今年最乖的孩子，可是为什么我没有礼物呢？请你送我一件小礼物吧，明年我一定会更乖的……"

我转身走出家门，在安静的街道上搜寻着礼品屋，我必须为我的女儿充当一次圣诞老人。终于我在街角看到一个小屋亮着灯，卖东西的女孩坐在玻璃柜后面，专注地用荧光纸叠幸运星，长长的纸带在她的手里翻转，封口后用手捏了捏，有棱有角，饱饱满满的一颗小星星就成型了。她停下手里的活计，善意地说："你自己看看，需要什么，我帮你包起来。"我告诉她，我想要一瓶她正在叠的幸运星，想让她做一回我女儿的圣诞老人。

她笑着说："这瓶我叠了很久呢，如果你需要我可以卖给你，不过还没满，你要跟我一起叠才行。”

我们就那样对坐着，一边聊天一边叠，不知不觉玻璃瓶里的幸运星就满了，亮闪闪的，像黑夜的眼睛。她找了个漂亮的小盒子装起来，抽出一张漂亮的小卡片写上祝福语，放在面上，再用粉红色的包装纸包好，扎上蝴蝶结，递给我说：“阿姨，愿你的女儿健康幸福，快乐成长！”

我悄悄地将礼物带回家，藏在被窝里，然后若无其事地对女儿说：“幺幺，圣诞老人送礼物一般都是悄悄藏起来，让小朋友自己找，你怎么不到处找找看呢？”

“哦！”露珠儿恍然大悟，她的小脸因为这个新的希望变得闪闪发光，她从客厅找到厨房，又从厨房找到卧室……家里乒乒乓乓一片乱响，当她掀开被子，找到那个漂亮的盒子，拆开看见幸运星时，小女孩高兴得在床上连打了几个滚。她用近乎颤抖的声音大声念着：“亲爱的小露珠，在过去的一年里，你是最棒的孩子，爱学习，爱劳动，团结同学……希望你明年继续做妈妈的乖孩子！圣诞老人！”

露珠儿从床上跳下来，将卡片贴在嘴唇上亲了又亲，然后拉着我的手拼命摇晃：“妈妈，妈妈，圣诞老人送礼物给我了！圣诞老人夸我了，我成幸运的孩子了……”

夜更深了，女儿抱着她期盼已久的圣诞礼物进入了梦乡。笑意还在脸上，喜悦挂在眉梢，轻轻帮女儿掖好被角，默默祈祷：“亲爱的圣诞老人，如果你真的存在，请你明年一定要来看看我的女儿，并赐予她新的希望与幸福。”

冬　宝

炎热的夏季，干旱一直持续，太阳像火一样炙烤着大地，操场上一个人也没有，知了躲在小叶榕的树叶儿里唧唧唧唧地欢鸣。

学校又分新房了，我原本是不打算搬的，因为满屋子的东西看着都让人头疼，如果搬过去，父亲的那些“古董”势必又要扔掉一些。但是女儿却无限向往，看我摇头，眼泪唰地就下来了：“老妈，我告诉你，如果不搬新房，六一儿童节的舞我不跳了，主持人我也不当了！”在她软硬兼施的怂恿下，我还是决定，搬！

星期五的早上，我刚进办公室，女儿的电话就来了：“嘻嘻……老妈，今天我们放假，我和你们班的学生把客厅里的东西全都搬过去了，我们还在新房子的沙发上坐了好久，好玩死喽！”挂断电话，我愣愣地坐了许久，原来离开妈妈的日子，我家的小公主已然悄悄长大！

好不容易熬到下班，女儿早已激动不已，拉着我去看她的杰作。在靠窗的位置，我一眼就看见了父亲常年坐的那把木制躺椅，椅子已经很旧了，当年父亲和同事一起手绘的花纹已褪色，但是靠背上的孔雀依然神采奕奕。

女儿跷着二郎腿坐在椅子上，笑嘻嘻地问我：“老妈，你看，我像不像姥爷？还有这孔雀，有我漂亮不？”拍拍她的脑袋，算是对她辛苦一天的奖赏。

随手拉开写字桌的抽屉：“妈妈，小心，里面全是我姥爷留下的小东西!”我愣了一下，抽屉竟然掉了，父亲的钥匙串、计算器、笔记本、账簿、帽徽、领章全都散落一地。

“妈妈，冬宝!”女儿拿着一个米白色的小瓶子递给我，我知道那是当年父亲给我买的冻疮膏，来自遥远的峨眉山。那一瞬间我很感动，感动于女儿的懂事与体谅，更感谢父亲在那一个又一个的冬天给我冬宝。

记得小学五年级的时候，我们村的小学撤并了，我被送到乡中心校去住宿，全校的女生挤在一间废弃的大教室里，窗户上只订了几根木条，冬天，风呼呼地吹来，冷得人直发抖。我的手上长满了冻疮，肿得像红萝卜，先是痒，然后就开裂、流血、化脓……学校伙食团只有一个人煮饭，也不供应热水。母亲说煮饭的是她的远房亲戚，见了要喊二舅，嘴甜的娃娃才招人喜欢。二舅待人极好，也很照顾我，每天放学的时候，都会让我去伙食团用热水暖一下手。

快到期末的时候，我手上的冻疮裂开了，裂开的口子像小孩子的嘴，不断地流血。母亲很着急，请人打电话给远在青藏高原的父亲，父亲说先用绿药膏涂在患处，然后用胡萝卜烧烫了擦一下，等他过年买药回来。于是每逢周末，母亲便找来一大堆胡萝卜，烧一大盆炭火，烧烫了给我擦，父亲也开始四处求医问药，还买了一本民间偏方来研究。

我读初二那年，天气出奇地冷，手上的冻疮开始化脓，血水不断地流出来，我边搓边考试，还不停地吹吹。交完试卷，站在阳台上，一眼就看见父亲远远地向我招手，心里一阵窃喜。父亲从衣袋里摸出两个米白色的小瓶子递给我：“这是我在峨眉山买到的冬宝，听说治疗冻疮效果很好，快涂上。”打开瓶盖，迫不及待地涂上药膏，淡淡的清香，凉凉的味道，真爽！父亲拉过我的手，用药膏把裂开的口子填满，他说这样能好得快一点，药膏的效果的确很好，连用了两瓶后，我手上的口子就慢慢地愈合了。

后来，父亲下岗，家里的条件空前绝后地艰难，但是我的药膏却从来没有间断过。父亲每年都会请人从峨眉山帮我买冬宝，然后邮寄过来，他再走两个小时的山路，到邮局去取。连续几年的坚持，冻疮终于不再复发，手上的伤痕也开始渐渐地淡化。

打开手里的冬宝，淡淡的清香弥散开来，摸摸小手指上冻疮留下的疤痕，痛的感觉依然还在心间盘旋，情不自禁地拉过女儿，郑重其事地告诉她，冬天一定要注意保暖。

女儿瞅着我的小手指，左看右看，然后笑嘻嘻地说：“ 老妈，其实你也要知足，因为你是冬天里的宝嘛。”

女儿十四岁成长记录

窗外，飘雨，淅淅沥沥，断断续续，我忙着敲键盘，兴趣正浓。女儿趴在窗台上，捏着 2B 铅笔，托着腮帮，对着远处的群山发呆，偶尔低下头在素描纸上比画。

啪！妈妈粉色的苍蝇拍打在我的手臂上，一只苍蝇随之落地，啪！又是一声，女儿摸着屁股跳起来："奶奶，你干啥子？我正构图，你又来捣乱！"妈妈举着手里的苍蝇拍笑起来："咦，你这个小五斤四两，那些年天天抱个大奶瓶，还要我抱你睡觉……"女儿瘪瘪嘴，继续沉思。

思绪已乱，再也敲不出半个字，关掉文档，仔细审视着女儿的背影，长长的卷发束成马尾，额头上长满了青春痘，粉色的花格子衬衫，蓝色牛仔裤，进入初中以来，女儿确实长高了不少，个头已接近一米六。她摆正画板，斜着眼睛，比画着手里的 2B 铅笔，一笔一画，认真而又仔细。唰唰数笔之后，远处的群山、村落、庄稼地跃然纸上。她伸了伸懒腰，把画板摆在最显眼的位置，仔细研究，反复修改，俨然名师大家在酝酿惊世之作。

那一瞬间，我有一小会儿的迷糊，记忆里那个梳着羊角辫，穿着公主裙，总喜欢骑在爸爸肩膀上看风景、吃冰激凌的小丫头，似乎已悄然长大。

回想 2000 年 10 月 26 日，在 901 医院那间简陋的病房里，我们家多了一个裹在襁褓中的天使，大大的眼睛，满脸的褶皱，酒窝只有一个，肩膀上的毛毛又多又黑。

我皱皱眉头，心里疑惑："这就是我生的孩子吗？"她突然咧嘴大哭，似乎读懂了我的心曲，她爸爸抱起她，边哄边拍，结果把医院逛了一大圈，回来的时候，她爸爸竟然也跟着她抽抽噎噎地哭。我冲他嚷嚷："我都不哭，你哭啥子！"后来，有个叫沈美英的家乡人，看见我们什么都不懂，就来帮忙，她说才出生的小娃娃不能抱到外面去吹风，饿了，要先喂水，过了第一晚才能喂奶粉。她爸爸一听，赶紧到街上去买汤匙和奶瓶，顺便向人家要了一壶开水，迫不及待地倒在杯子里，边吹边喂，小娃娃张大嘴巴大口大口地吸，然后就乖乖地睡了。

第二天早晨，护士送来了出生牌，上面清楚地写着"2700g"。我们商量着要给这个只有五斤四两的小娃娃取个名字，我想叫她"小露珠"，她爸爸说要叫"刘东露"，取"东方之珠"的寓意，我撇撇嘴，不置可否。

一个星期以后，我们出院回家，八十多岁的姥姥热泪盈眶，一个劲儿地唠叨："老天有眼，我终于见着重孙了！"

满月的那天，婆婆背着露珠把鸡蛋壳倒在十字路口，来赶集的人从上面踩过，蛋壳碎了一地，白花花的。姥姥说，月子里留下的鸡蛋壳就是要倒在十字路口，踩的人越多越好。露珠躲在奶奶背上的襁褓里，大大的黑眼珠清澈似水。我们把她抱到台秤上去称，足足长了三斤，小脸粉粉嫩嫩的，头发像我的一样黑。

她长到四十天的时候，她爸爸找来剃须刀，把她剃成了小光头，我给她戴了一顶红色的小丑帽，穿了一件粉色的小毛衣，过路的街坊四邻都围过来看，初为人母，心中掠过一丝小小的骄傲。

接下来的日子，露珠在我们的呵护中慢慢地成长。三个月，她立稳了小脑袋，第一次对着我微笑；八个月，长出门牙，我给她啃了嫩玉米；九个月，牙牙学语；十个月，断奶，第一次和妈妈分离；十三个月，第一次迈步，从屋子这头跑到那头……两岁零三个月，我送她去了托儿所；四岁，我教她学习简笔画，并配上童话故事；五岁，上小学一年级，开始学拼音，算算术；八岁，换第一颗乳牙；九岁，创作了第一个小剧本《跳蚤传》；十岁，第一次因贪玩考了 75 分的数学，开始第一次痛苦的补课经历；十一岁，为杨老师精心创作《鲜花献给您》，小学毕业……有时候，我自己也很惊奇，从来没有为女儿做过成长记录，但是她成长的每一个瞬间我都记得很清楚。

仔细回想，我现在能想起来的全都是有她的日子，似乎从有她的那天开始，我就彻底忘记了自己，以前的朋友，以前的生活，以前的雄心壮志，全都在她活泼可爱的身影里渐渐地消逝。

闲暇时翻一翻她小时候穿的小背心、小裙子、小帽子、小手套，几乎全都是艺术品，那些可爱的小扣子是我四处搜罗来的，小熊、小兔子和小公主图案是我绣上去的……在我的记忆里，她的每一个生日，我都会给她织一件红色的毛衣，经常是提前两三个月就开始设计款式，挑选扣子，如果生日临近还没有完工，就会连夜赶工。生日那天，露珠会穿着漂亮的毛衣去请小朋友来唱生日歌，吃蛋糕，顺便炫耀新毛衣。

日子就这样一天一天地溜走，无声无息，露珠像一头活蹦乱跳的小鹿，充斥着我全部的生活。

日历很快翻到 2011 年 12 月 31 日，露珠和小朋友在外面玩到很晚，回家就嚷嚷着腿不舒服，走路一瘸一拐的，我们都以为她在装，谁也没在意。凌晨一点，她的哭声划破了夜的宁静，我们吓坏了，赶紧背着她去医院，结果值班医生不知所云，连颗止痛片也没开给。接下来的两天，她一直嚷着腿痛，不能碰，不能走路，我们只得带她去了攀枝花中西医结合医院。

住院的日子，露珠的情绪低落到了极点，每天不是哭就是发脾气，我们只得背着她去竹湖园，去买玩具，去天桥上看来来往往的人群。除夕临近，医院的人越来越少，医生叫我们带上药回家治疗，两个月后来复查。那段日子，我们每天小心翼翼地呵护，想方设法给她增加营养，终于挨过了两个月，复查结果出来了，各项指标趋于正常，我们一家人兴奋不已。

但是命运对露珠似乎不再眷顾，2012 年的彝族年（11 月下旬），疾病再次来袭，而且比上一年还要严重，看着她逐渐肿起的膝关节，我们慌慌忙忙直奔攀枝花中心医院。

这一次，我们在医院里住了 13 天，抽血、CT、彩超、核磁共振、穿刺、输液……露珠每天笑眯眯地接受治疗，病情快速好转。每天输完液，她就会自己背单词，学文言文，偶尔还给护士姐姐画像，分邻床的老奶奶吃香蕉和橘子。在中心医院的 13 天里，她是最受欢迎的小病号，是医生、护士和病友口中的小天使，无论每天输多少液体，做多少检查，她都笑眯眯地伸出手臂，全力配合。

住院的第四天，天还没亮，她爸爸就赶回去上班了。傍晚，看着人们走回对面的家属楼，她就开始抽抽噎噎："妈妈，以前我们每天都是三个人，今天只有我们俩。"短信发过去，她爸爸说："你好好睡觉，听医生的话，我明天就来看你。"以后的每一天，她爸爸下班以后，都会开两个多小时的车，来给她讲笑话，陪她玩游戏，带她去兜风，等她睡着了才又赶回去值班。12 月 7 日，我们终于从攀枝花中心医院出院回家，路上碰到雅江桥垮塌，爷儿俩竟然欢天喜地牵着手去看热闹。

这一年春节，露珠找到了爸爸的钥匙串，打开了那个一直跟着爸爸的大红箱子，那里面装的全是她小时候的小鞋子、小棉袄、学步带和被她扔掉的旧玩具。在箱子的最下面，有一个崭新的皮夹子，里面放着她刚认字时给她爸爸写的一封信，信里歪歪扭扭地写着："爸爸，你回来的时候记得给我买爽歪歪。"那一瞬间，我感觉到她对爸爸的感情有了升华，在这以后的每一篇作文里，都有她爸爸的身影，也是从这一天开始，露珠学会了为爸爸端洗脚水、拿拖鞋……

2013 年对于我们来说，相当于世界末日，我们原本平静的日子波澜迭起，我们每天忙于为女儿求医问药，给她补充营养。我们坚持每两个月一次的复查，坚持按病情给她服药、打针，坚持给她最细心的照顾和最好的治疗，高昂的医药费常常让一家人喘不过气来。但是让人欣慰的是半年之后露珠的身体完全康复，每天看着她阳光灿烂地活跃在操场上，和小伙伴一起跑步，打羽毛球，做课间操……我们的心里就会涌起无尽的甜蜜。

这一年的六一儿童节，露珠第一次当主持人，尽管瘦弱，底气却很足，她活泼的舞步，灿烂的笑容，甜脆脆的声音，让我们激动不已。坐在观众席，看着舞台上活蹦乱跳的女儿，我们感慨万千，这一年，我们学会了坚守，学会了隐忍，学会相携相依。

"妈妈，我学数学去喽!"咦，又是一阵风从我面前掠过，露珠在客厅里转了个圈，口中还唱着《小苹果》，我摇摇头，提醒她女娃娃家要稳重，她对我做个鬼脸，笑嘻嘻地说："老妈，我演《百变大咖秀》呢，你 out 了!"哈哈，这就是当年那个只有五斤四两的小丫头吗？我又迷糊了。

时间过得如此之快，眨眼露珠就要迈进初三，这个暑假，她坚持每天 8 点起床，晚上 11 点了还在解方程，预习化学，又迷上了素描，还让我买了钢笔字帖和物理《成才之路》。每天早出晚归，只有中午和晚上才看得见她的身影，她爸爸不忍心，提醒她健康比学知识更重要，结果她咧着嘴说：“你们都 out 了，我只是想高中换个地方！”

窗外，雨丝还在飞扬，她抱着书本一路走，一路唱，长长的马尾蓬蓬松松地在风里飞扬。

翻出她搜集了很久的自创优秀作文，足足有一大沓，仔细阅读和修改那些稚嫩的文字。这才发现，露珠已长大，她早已不再是那个梳着羊角小辫，穿着公主裙，骑在爸爸肩膀上看风景的小丫头，她有独特的思想和个性，她正在成长。

2014 年的 10 月，露珠将跨入十四岁的门槛，踏上青春的列车，身为母亲，面对女儿的成长，有欣慰，也有惶惑。这个清晨，忙里偷闲，为女儿十四年的成长做一个简短的记录，愿我的文字为女儿携来更多的幸福。

附：

留点寂寞给自己

刘雨诗

生活中有快乐，有忧伤，有痛苦，有欣喜，也有不期而遇的寂寞。以前，我觉得“寂寞”这个词，离我很远很远，似乎永远无法碰触，因为每天快乐都洋溢在家中，爸爸、妈妈、奶奶，我们有说有笑，幸福无处不在，寂寞躲得远远的。

突然有一天，妈妈因为工作的原因去了城里，当时我并不以为然，甚至于有点窃喜，只觉得多了一份自由。下午妈妈离开了，我的心中没有一丝留念。上完晚自习，我像往常一样高高兴兴地回到家，迎接我的不再是妈妈的身影和对我当天学习情况的询问，而是空荡荡的屋子，奶奶静静地坐在那里，寂寞在悄悄地靠近我。第二天清晨，没有了妈妈温柔的话语喊我起床，只有闹钟刺耳的声音反反复复地传来，我揉揉眼睛坐在床上，似乎觉得缺少了点什么。穿好衣服，走出卧室，才发现今天没有妈妈为我烧好的洗脸水，没有妈妈为我准备的早餐……寂寞笼罩在家中的每一个角落。

没有了妈妈的关心，没有了妈妈的笑容，没有了妈妈为我打点好的一切……这一天，寂寞像一只可怕的蚂蟥叮咬着我。

原来，寂寞真的来了，我终于忍不住哭了，眼泪诠释了心中的寂寞。轻轻擦掉眼泪，生怕别人看见我的脆弱，哭完了，心中似乎就敞亮了，笑着和同学打打闹闹，认真完成当天的学习任务。三个月的时间就这样过去了，我发现其实没有妈妈在身边我也可以做得很好。

每天清晨，闹钟一响，便穿衣起床，自己热洗脸水，自己准备早餐，按时上学，按时完成作业，还自己参加了六一文艺会演主持人角逐。一切又发生了改变，没有妈妈在身边的日子我依然阳光灿烂，忍不住悄悄问自己："是寂寞改变了我吗？"

期末考试的前一天，妈妈突然打来电话，说她要加班，不回来，让我自己好好复习！那一瞬间我有些不知所措，因为在我的记忆里，我还从来没有自己一个人应对考试的经历。以前的每一次考试，妈妈都会提前为我准备好考试需要的学习用具，然后指导我复习。我考好了，妈妈就陪着我笑，告诉我不要骄傲。我考差了，妈妈就会说："要相信自己是高手，你都做不好，别人也不会好。"看看书桌上妈妈的照片，笑容依然那么灿烂，"或许我自己一个人也可以。"我在心里这样想。于是快速拿出书本，找出老师昨天发下来的复习资料，按照妈妈之前教我的方法复习，一切都井然有序，心中的忐忑一点一点地离我远去，走进考场的那一刻，我发现自己真的可以。

三个月，似乎很长，但又似乎很短，没有妈妈的日子，快乐，欣喜被寂寞赶走，可是寂寞却让我学会了独立，学会了坚持。寂寞其实也不是什么坏东西，它带来了不一样的快乐，它让我看到了更棒的自己。

留一点寂寞给自己，或许留下的不是寂寞，而是坚强和勇敢；留一点寂寞给自己，留下不同形式的快乐，让自己更独立，更快乐。

根在土地

数九寒天，吃过晚饭，本想缩在家里看电视，母亲却硬要拽我出门，拗不过，只得顺从。母亲穿着皮棉袄，走起路来叽咕叽咕地响，白发绾成一个髻藏在帽子里。

母亲领我去了小区外面的空地，这是一块被征用后暂时闲置的土地，坑坑洼洼，长满了杂草。去年 3 月，随着小区业主陆续入住，一群随子女居住的老人来到这里。起先业主委员会是反对他们在这里种菜的，其间铲过几次，还插了“严禁在此耕种”的牌子。但是勤劳惯了的一代人，见着土地就像丢了魂，三令五申，几次三番，铲了又种，种了又铲，恣意妄为，还形成了共识：如果有一天，公家要用地了，大家都不许胡搅蛮缠，自动停止。在这样的氛围中，渐渐地也就没有人再来干涉，老人们便在这里寻到了乐土。

母亲一边走一边指给我看，哪些是她种的，哪些是别人种的，遇到沟坎，本能地想要扶她一把，结果六十多岁的老太太比我还灵巧，一蹿一蹿地就跳过去了。一路上遇到很多种菜的老人，母亲逐一给我介绍，我像小时候一样恭恭敬敬地和大家打招呼，“张叔叔”“王叔叔”“武阿姨”“赵奶奶”。我的谦卑给老人们留下了好印象，他们一个劲儿地夸母亲福气好。母亲满脸的骄傲，自言自语地说：“做人就是要平和，不然人家会说我没家教。”

我们终于认完了所有的菜地，土堆上、坑洼里，长的、圆的、方的，规则的、不规则的，母亲种了足有十来处。白菜、萝卜、青菜、豌豆菜、瓢儿菜、葱葱、蒜苗，应有尽有，嫩汪汪地平铺在冬日的阳光里。

最规则的一块，母亲种了冬洋芋，齐膝那么高了，叶子鲜活，嫩绿，紫色的洋芋花鲜啵啵地支棱着，跳跃在一片绿色里。我伸手想要掐一朵，母亲扯住我："掐了花，洋芋长不大!"我只得歇了手。

母亲麻利地用小锄头将土翻松，刨到洋芋跟脚围起来，顺手将多余的叶子摘掉，撒在地里当肥料，厚厚的棉袄制约着她的行动，咕叽咕叽地欢笑，白发在风里飘飘荡荡。

回想母亲的一生，悲苦至极，七天痛失两女一子的致命打击，如梦魇一般，纠缠了母亲几十年。父亲去世后，母亲更是患得患失，悲观失落。

前年，因工作关系，带着母亲来到城里，人生地不熟，母亲成了我的影子，有时忙着爬格子，冷落了母亲，一回头发现母亲站在身后，像做错事的孩子，诚惶诚恐。为了分散母亲的注意力，我曾一度引导她看电视剧，悲的，喜的，励志的，警醒的，我几乎搜遍了网络，只为让她从别人的故事里寻找力量和快乐。每次出差或下乡，我都会搜出她喜欢的电视剧，一遍一遍地教她点鼠标，或暂停，或播放；电视永远调在法制频道，如果她不小心摁错了遥控板，或移动了鼠标的位置，就只能呆坐在家里，有时又因为太入戏，通宵不睡，或忘记了吃饭。

当初鼓励母亲去种菜，不是为了吃，只是为了让她在城里有一个可以消磨时光的地方，不再那么寂寞脆弱，但是母亲却把这当成了事业，勤勤恳恳，一丝不苟。

自从有了菜地，母亲不再成天跟着我，不再怨天尤人，不再迷恋电视剧，每天除了给我做饭，几乎都在菜地里忙碌。我们偶尔去看看，母亲就激动不已，兴高采烈地给我讲解：地是怎么挖出来的，种子是谁给的，豆架是啥时插的，昨天吃的菜是哪里拔的……有时母亲也会掐一些水芹菜、地豇豆之类的野菜，或凉拌，或做泡菜，或清炖小肠。看我们吃得香，母亲就高兴得眉开眼笑，觉得自己有了价值，不再是家里的闲人。

秋天，我们家的阳台最热闹，筛筛簸簸用小板凳支起，红白相衬的萝卜干、四季豆晒起……我喜欢的文艺、浪漫、小清新，被母亲收回来的南瓜、土豆、玉米和四季豆覆盖，“丰收舞”跳得无比欢快。晚秋的时候，母亲从地里摘回来一个大南瓜，有三十多斤重，像金黄的大圆盘，我把它放在蓝色的电视墙前作装饰品。母亲每天回来，都会去摸摸看看，那首熟悉的“唧个哩个唧”时隔多年后又在耳畔响起。

天色渐晚，收工回家的老人越来越多，母亲和大家坐在废弃的水泥板上摆龙门阵。王叔叔找来一个大纸箱，一人一块撕给大家，说是入夜了，地上凉，怕惹恼了谁的风湿病，菜就种不成了。老人们你一言我一语地拉着家常，分享着快乐，互诉着衷肠，还评出了“种菜英雄”，母亲是其中之一。

夜色里，母亲将脸转向我，浑浊的眼眸犹如孩童般闪着光芒，我握紧母亲的手，粗糙、瘦弱却无比坚实。

入夜，站在窗前，远处高楼林立，霓虹闪烁，车水马龙，母亲的鼾声传来，我的心不禁一颤：偌大的城市，何处有一方土地，能让农村来的老人真正将根扎在这里？

孝已无处安放

回想父亲的一生，虽算不上轰轰烈烈，却也是天南海北，历尽沧桑风雨，当过“三好五好”战士，参加过北京天安门国庆阅兵式，亲历过唐山大地震，那些褪色的领章、纪念章和荣誉证书，见证着一个农家子弟艰难的奋斗历程。父亲一生养育子女六人，四人夭折，独剩我和妹妹，父亲视若珍宝。1993年，父亲下岗，为供我和妹妹上学，回乡当了农民。这一年父亲48岁，晚年将至，却不得已重新拿起锄头学种土地。

那时，我们村是远近闻名的“烤烟示范村”，烟叶产量高，卖价好，父亲看着眼热，花大价钱买了头小水牛，也加入了种烟的队伍。刚开始的几年，只要雨水落地，父亲就拉着小水牛，拖着犁铧，在山上拼命地劳作，火辣辣的太阳，将父亲晒得像炭一样黑。河岸上的荒山多石头，有时犁尖儿一打滑，一咯噔，父亲一个趔趄蹿出多远，小水牛拖着犁铧满山跑，父亲喘着粗气满山追。后来的某一天，电闪雷鸣，风雨大作，吓慌了的牛羊四散逃窜，小水牛瞎摸乱撞，一头栽下悬崖，音讯全无。父亲在家等得着急，顾不上冰雹和雷雨，戴上篾帽，披着塑料布，漫山遍野地找。天快黑的时候，小水牛奇迹般地一路狂奔回来，甩着血淋淋的头来撞门，牛角耷拉在头顶，一截鲜嫩的小牛角在裂开的缝隙里若隐若现。父亲喜出望外，连夜到邻村请兽医来为小水牛医治，被吓坏了的小水牛见人就拉长了声音“哞——哞——哞——”地狂吼，父亲耐着性子，慢慢地哄，像宠自己的孩子。

这一年，父亲49岁，头发几乎全白，手上、腿上的经脉突起、扭结，像一条条暴怒的小蛇，蜿蜒、吸附于父亲的身体。

这样的日子一直持续到我大学毕业，父亲憧憬着，梦想着我毕业后会有一份工作，不但可以养活自己，还可以帮家里减轻负担，但是生活并不是父亲想象中的那般美好，毕业后我竟成了待业青年，而且一等就是三年。

2001年，几经周折，我终于考取了教师资格，父亲喜极而泣，二话没说就让母亲到学校帮我带孩子。父亲本就不擅长农活，菜园里的细活让他焦头烂额，满院坝的猪、鸡、牛、羊，稍稍晚回去一会儿，多远就听见它们在吼。父亲一个人在家，忙忙乱乱，饱一顿饿一顿，也许是无趣，也许是寂寞，他竟破天荒地买了小黑，走到哪里都带着。母亲在学校也是患得患失，有时夜里做了个什么梦，一觉醒来，就独自坐在那里抹眼泪，絮絮叨叨地说着父亲怕是病了、摔了之类的话。

这期间父亲曾遭受过一次严重的胃出血，基本上算是鬼门关打转，出院时，医生再三叮嘱切不可沾酒，否则后果不堪设想。我们因此每个周末都回去，父亲算准了时间，早早地等在村头，牵着掉角牛，领着小黑，一边割草，一边朝路口张望，远远地看见我们，扔下镰刀，三步并作两步走来，接过小娃娃，看了又看，摸了又摸。小黑摇头摆尾，忙前忙后地跳跃着，这边蹭一下，那边挨一下，黝黑的大眼睛骨碌碌地转动着。

我参加工作的第三年，父亲的退休工资涨到1800元，家里的境遇逐渐好转，土地也外包了一些，父亲的身体却大不如从前。牛贩子不知从哪里得知了消息，接二连三地赶来，劝父亲将牛卖掉，父亲犹豫再三，还是没有舍得。

这年的冬天，我们周末回家，看到父亲脑门上耷拉着一大块皮，问他，他只轻描淡写地说：“不咋个，就是用猪食机打红苕藤的时候，不小心把锅铲把也塞了进去。”母亲再也不能安下心来帮我带孩子，稍有空闲就往家赶，几次三番地说不想来，我只得把女儿送进托儿所。小娃娃不愿意待在那里，每天哭，哭得撕心裂肺，还隔三岔五地感冒。父亲毅然决定：把土地全部送人，他和母亲一起来帮我带孩子。很快，家里的粮食卖了，鸡鸭卖了，大箱子装满了，院坝里就只剩下掉角牛和小黑。父亲端个凳子坐在檐槛上，裹一支老草烟，慢悠悠地抽着，自言自语。牛贩子又来了，父亲让他们在堂屋里坐着，自己去给掉角牛煮最后一顿吃食，金黄的玉米糊、鲜嫩的白菜叶子，掉角牛看着，用嘴撸了撸，“哞哞哞”地叫着。父亲拍拍它的脑门，自言自语：“娃儿考个工作不容易，我得给她辏（cou）起！”

春季开学，父亲将小黑寄养在幺叔家，叫了辆大卡车，拉着他一生的“积蓄”和“宝贝”，带着母亲搬到了我工作的地方。搬家后，父亲整夜整夜地失眠，脸像刀削一样瘦下去，肚子却一天天地鼓起来，我吓坏了，赶紧带他去医院。医生说：“肝硬化腹水，得赶紧住院。”我慌慌忙忙地跑回学校请假，要带他到大医院去看病，父亲死活不肯，多说几次，他就瞪着眼睛吼我：“好好教你的书，瞎操什么心，没出息！”万般无奈，我只得将父亲送进了当地医院。

2004 年 4 月 16 日，父亲搬上来后的第 39 天，我正在县城搞教研，突然接到父亲的电话，说他们马上就到。招待所门口，北风北雨，树木摇曳，行人乱窜，父亲提着大包小包的东西蹲在墙角，母亲抱着女儿哭成了泪人。

我当即把父亲送进了县医院，但是还没等医生诊断完毕，父亲体内的乌血就一口接一口地吐出来，溅了一身一地。医生说：“咋才送来，太晚了。”我愕然地听着，浑身颤抖，如梦游般签完病危通知书，又像幽灵一样移回父亲的身边。窗外雨声淅沥，空气里堆满了潮湿，雨滴呜咽着，一下一下地敲打着玻璃。那一夜，我就这样傻傻痴痴地守着，把所有的被子和衣服都给父亲盖上，抱紧双臂，拼命地想要停止颤抖。

第二天早上 10：00，父亲上消化道血管破裂，鲜血喷涌，身体激烈地抽搐着，一袋别人的鲜血汩汩地流进他的身体。中午 1：30，父亲进入肝昏迷，我一声又一声地呼喊着：“爸爸！爸爸！”他却再也不愿意回答。深夜 11：55，父亲停止呼吸，那些凸起、扭结的经脉不再搏动，我死命地抓着他的手，一个指头一个指头地掰扯，直到它们变僵，变直，再也不能弯曲。

漆黑的夜，如梦魇般笼罩着大地，雨越下越大，风越刮越猛，我们载着父亲的遗体在泥泞的山路上颠颠簸簸，松林里唰啊——唰啊——唰啊地响着。小黑不知什么时候从幺叔家溜出来，半坐在家门口，它不再汪汪汪地叫唤，不再摇头摆尾，不再上蹿下跳，它默默地移到一边，让我们把父亲的遗体抬回家。

父亲安详地躺在“凉床”上，我趴下身子去点“七芯灯”，神柜边，一瓶还剩一半的江津白酒瞬间刺痛了我的眼睛。原来，孤独的父亲，疲劳的父亲，真的背着我们又喝酒了！我的心在这一刻内疚得可以拧得出水。

如今，父亲离开我们已十二年零五个月，每每在高楼林立间，看到那些背井离乡来帮子女带小孩的老人，我总忍不住驻足：花白的发，蹩脚的城里话，满眼的乡愁，满心的牵挂，让人忍不住泪流。多少次逛街，总有一种冲动，想给父亲再买一套他喜欢的西服、一双皮鞋、一支烟斗、一个按摩器，但是孝已无处安放，拿起的东西只得又放下。

狗　儿

江岸上的攀枝花又开了，碗口大的花朵长在粗壮的枝干上，像一簇簇燃烧的火焰，树尖上的那几朵是直立着的，喇叭口径直朝上。阿公坐在门前的攀枝花树下，手里的烟斗定格成一个永恒的姿态，江面上正好有船经过，阿公的眼里闪过一丝光亮，喃喃地喊一声："狗儿"烟斗无声无息滑落在地上。

阿公的家在金沙江畔的山窝窝里，跨过这条江就到了云南。阿公常年出没在江上，或打鱼，或渡客，江面上时常会有"水打棒"（掉在江里淹死的人）漂过，阿公的船却从来没有出过差错。他每天鸡叫三遍就出发，光着膀子，穿条大短裤，风里来雨里去，没有客人的时候，他就唱着渔歌，撒着渔网，把条小船摆弄得像树叶儿一样灵巧。金沙江江面宽阔，水流湍急，两岸村民看得见，摸不着，有大事小情总喜欢来找阿公帮忙传个话、捎点东西，或是搭个顺风船，阿公从不拒绝，每天吃过晚饭，就忙着清理别人要他带的东西，默记乡邻们要他传的话，一遍又一遍，不厌其烦。阿公的老伴是极贤惠的人，从来不阻拦阿公帮助人，本本分分地在家里带着狗儿种着江岸上的那几亩薄地。狗儿眼睛不好，看东西模模糊糊，村里人说那是患了眼疾，要趁早医治。阿公于是更加努力地打鱼、渡客，不分白天黑夜，总想着快点攒够钱带狗儿去看病。狗儿每天乖乖地坐在门前的攀枝花树下，刨一个小锅洞，有模有样地玩"扮锅锅窑"的游戏，阿公的船经过这里，远远地喊："狗儿，饭煮熟没有?"狗儿眉开眼笑，盛上香喷喷的"饭菜"，阿公有模有样地咂着嘴，一个劲儿地喊:"狗儿真乖，肉嘎嘎真香!"

日子就这样一天天地过去，阿公终于攒够了钱，带着狗儿划着小船，踏上漫漫求医路。几经周折，狗儿的眼疾终于治好了，看什么都亮亮堂堂的，那一年狗儿七岁，阿公带着狗儿回到家乡，继续在江面上打鱼、渡客。宽阔的江面上从此多了一个小小的身影，那便是狗儿。狗儿的渔歌唱得比他爹还响，脆生生的，像山窝窝里的百灵鸟，像山崖上的攀枝花掉在江水里溅起的水花，清清亮亮地在江面上飘荡、回响。

后来，狗儿长大了，结婚了，新婚的第三天，阿公把船交给了狗儿。狗儿像父亲一样勤劳善良，每天划着小船，轻松自如地穿梭在江面上，远道而来的客人，大多对金沙江充满了畏惧，一上船就小心翼翼地扶着船舷不敢动弹，狗儿见多识广，故事一个接着一个，渔歌唱了一首又一首，直唱得大家眉开眼笑，轻轻松松地欣赏江面上的风景。阿公带着老伴和儿媳每天在江岸上的庄稼地里劳作，眼睛时不时瞟向江面，狗儿路过，远远地喊:"爹、娘，累了就休息，我在船上好着呢!"狗儿的新媳妇欲言又止，羞羞涩涩，似乎要对狗儿说什么，却又什么也没说。

狗儿摆渡的第二年，新媳妇怀孕了，阿公见人就说:"我家狗儿要当爹了!"狗儿每天早出晚归，船儿划得飞快，渔歌唱得越发响亮，人们都说这家的"崽儿"一代赛过一代，狗儿听了心里美得像喝了蜂蜜水。

那一年的夏天适逢干旱，两三个月滴雨未下。失去雨水滋润的大地龟裂一片，布谷鸟在荒草萋萋的山梁上盘旋，水牛哞哞地叫着，携着它的孩子踏上龟裂的土地，寻找吃食。村里的孩子成天泡在江水里，饿了就直接把鸡蛋埋在滚烫的沙子里，焐熟了再吃。阿公坐在门前的攀枝花树下乘凉，狗儿媳妇和他娘坐在石凳上，一针一线地给未出世的孩子缝着小衣服。

农历五月十九日，是一年一度的“白龙会”，江岸上的人聚在村头最古老的那棵攀枝花树下杀猪宰羊祭白龙，猪头、羊头雄赳赳地立在神案上，村里的老老小小跪了一地，阿公站在神案前焚香烧纸，领着大家虔诚求雨。晌午的时候，电闪夹着雷鸣，狂风揪扯着雨帘，一颗颗巨大的冰雹无情地敲打着屋檐，山崖上的攀枝花树疯狂地扭动着身体，跳着最劲爆的霹雳舞，昔日宁静的金沙江瞬间变得暴怒无比，它翻滚着，奔腾着，像一匹脱缰的野马，竖起橘红色的鬃毛，咆哮着扑向江岸上的崇山峻岭。阿公长长地叹了一口气，继续吧吧嗒嗒地咂着烟斗。

终于，风停了，雨住了，天空蔚蓝如洗，沙滩上堆满了被冰雹打下来的攀枝花树叶子，阿公站在江岸上，搜寻着狗儿的身影。天快黑的时候，江面上终于驶来了一条残破的小船，阿公眼里的光亮瞬间闪烁无比。船儿渐渐近了，阿公眼里的光亮消失了，船上的人挥着手冲着他喊：“阿公，你家的船翻了，狗儿掉进江里去了……”阿公站起来，又坐下，一脸的茫然，怎么可能啊！他最疼爱的狗儿，他心心念念的狗儿怎么就回不来了呢？阿公抢过那人的船顺江而下，一路呼喊：“狗儿……狗儿……爹找你来了……”许多天过去了，阿公在一处河滩上发现了儿子的钥匙串，阿公用手拼命地往下刨，终于在沙滩里刨出了被掩埋的狗儿的尸体，他的怀里紧紧抱着一个四五岁的孩子。阿公将狗儿的尸体运回家，埋在了江岸上。

这一年的冬天，狗儿的媳妇死于难产，狗儿他娘疯了，成天到处乱跑，终于有一天，她喊着狗儿的名字，跳进了滚滚的金沙江。阿公不再每天下地，他目光呆滞地坐在江岸上，用他一生的经验搜寻着江面，提醒着过往的船只……

门前的攀枝花开了又谢，谢了又开，江面上架起了雄伟的跨江大桥，那些来来往往的车辆代替了昔日的小木船，载着南来北往的旅客从桥上疾驰而过。阿公依然孤独地坐在江岸上，头发花白，目光呆滞，像一尊残破的石像。狗儿的墓一直都在，那些来来往往的江边人，渡江前都喜欢到这里来看一看，点两炷香，烧点纸钱，在狗儿的坟头放一朵盛开的攀枝花，祈愿狗儿保佑大家旅途平安。

马鞍山的守望

出发的时候，天还没有亮，被暴风雨肆虐的水冬瓜树，横七竖八地倒在路上，那几棵一直开得很盛的杜鹃，只有枝头还耷拉着几片叶子，大洞小眼，像筛子。我们将车停在垭口，绕过一地狼藉，顺着右边的泥巴路一直往里走，想要看看那个夜夜守候在庄稼地边的老人有事没有。

记得那晚，从撒马河边回来，这里还是月光朦胧，花香缕缕。满山的水冬瓜树，枝繁叶茂，常青藤、小木通、鸡屎藤纠结着，缠绕在灌木丛里，攀缘到树梢上。大片大片的庄稼地种满玉米，双胞的玉米棒子挨挨挤挤。从林里，偶尔会闪出一两棵盛开的杜鹃，雪白的花瓣，鹅黄的花蕊，像展翅的杜鹃鸟翱翔在马鞍山的夜里。

那只突然蹿出来的小兔子，像是马鞍山的精灵，灰色的毛，莹亮的眼，慌慌张张地在车灯里跳着。女儿趴在摩托车的龙头上，手舞足蹈地指挥爸爸玩“撵兔子”的游戏，不远不近，若即若离。

“黑黑的天空低垂，亮亮的繁星相随 ，虫儿飞，虫儿飞，你在思念谁……”山路颠颠簸簸，蛐蛐唧唧唧唧地欢鸣，爷儿俩一唱一和，兴致勃勃。

歌声引来了守夜的老人，戴着护耳帽，穿着羊皮褂，打着手电筒，拄根松柴棍，乐呵呵地站在窝棚前。他引我们进入棚子，搬来石头当凳子，大黑狗趴在地上，竖着耳朵，一脸警惕地盯着玉米地。窝棚是临时搭建的，靠在地埂上，松枝还泛着绿，油布雪白。窝棚里仅有一张简易床，铺着席子，床脚的塑料桶里装着透明的液体，不知是水还是酒。

老人站起来，拿把小锄头，钻进玉米林，一会儿工夫拎出小半袋洋芋，一股脑儿倒进火堆里。他用木棍扒拉着火堆，将火烧得更旺一点，裹一支旱烟栽在烟锅里，凑过去，点燃，吧嗒吧嗒地抽着。火光将他的脸映成古铜色，满脸的皱纹，头发几乎全白，拿烟锅的手不停地抖。

他专注地翻烤着洋芋，手里的棍子没来由地抖掉了好几次，也没在意，仍然有一句没一句地和我们说话。儿子两口子到广州打工去了，留他在家里种庄稼，照看孙子、孙女。孙子 8 岁，上二年级，白天上学，早晚做饭，放牛，成绩差得很。孙女 5 岁，寄养在外婆家，一个月领回来一次。山上有一只巨型野猪，好几年了，一直没有人治得了它，天天晚上都要来祸害庄稼，他要在这里守到玉米成熟……

女儿睁着好奇的眼，静静地听着，“爷爷，野猪那么凶猛，真来了，你不怕吗？”

“咋不怕！那畜生发起怒来，吓得死人！”老人指指远处的松树，“前年，野猪来啃苞谷，还压倒一大片。我炸火炮吓它，火星子溅到身上，估计是疼了，龇牙咧嘴就冲过来，还好我腿脚利索，三下两下爬到松树上，任它在树下转到天亮……”

顺着老人手电筒的方向，我们看见那棵被野猪啃过的松树，树干凹进去差不多三分之一了。狂野的山风摇曳着松枝，嘎吱嘎吱地诉说着那夜的惊恐。

女儿不再说话，抿着嘴唇，揪紧爸爸的衣襟，越偎越紧。老人看了看我们，无奈地说：“快七十岁的人了，不晓得还能活几年，尽我所能，帮他们把娃儿看好，把庄稼种好，万一哪天不打工了，回来也好有个抓拿。”

洋芋烤熟了，老人一个个刨出来，用小树枝将沾在上面的炭灰和烤煳的皮刮掉，才递给我们吃。女儿从来没见过这样的烧烤，偎在爸爸怀里，鼓着腮帮子边吹边吃，一个劲儿嚷嚷：“太香了！太香了！”

老人愣愣地看着欢快的孩子，自言自语：“一家人在一起多好！娘不挂儿，儿不挂娘！穷点又有啥？”

夜深了，我们骑上摩托车要走，老人指着前面说：“那里叫阎王蹁，你们从那里过很危险，要小心。”女儿裹在爸爸的外套里向老人挥手：“爷爷，明天晚上我们还来陪你，带上哥哥姐姐吧，他们自己在家会害怕。”老人默默地点头，挥手让我们快走。

天，终于亮了。窝棚早已被风刮走，塑料桶溅满了泥，羊皮袄浸在泥泞里，那棵被野猪啃过的松树扭断成几截，倒挂在树桩上，玉米倒了一地，偶尔还站着几棵，也成了光杆司令……

泥巴路的那头，一对小夫妻戴着红色的头盔，骑着摩托车缓缓驶来。暴雨冲刷过的路面硬滑多水，隔一段就有一个水洼，男的双脚落地，小心翼翼地扶住龙头，深一脚浅一脚地骑摩托车；女的背着双肩包坐在后面，反手扶住车后架上绑着的行李。所到之处，水花飞溅，泥点飞扬。待他们驶到近前，刚想拦下询问，摩托车龙头一歪，连人带车摔了下去。他们将车扶起，一边绑牢行李，一边告诉我：老人和他们是同村，昨天他的孙子到撒马河浮水，正好遇上暴雨，他顶着豆大的冰雹去找，摔下陡坡，跌断了腿，孙子被附近的村民救回家，呛多了水，送到医院去了。

年轻女子回望一眼家的方向，叹了口气：“十几亩地，两个小崽子，光留老人在家，也真是不放心……但趁年轻不出去闯一下，一辈子守着几亩庄稼地，又着实不甘心……听说最近广州工价很高，我们也正准备去呢。”

摩托车突突突地又启动了，红色的头盔渐渐远了。

我愣愣地站在原地："一家人在一起多好！娘不挂儿，儿不挂娘！穷点又有啥？"老人的话又在耳畔萦绕。

雨后的马鞍山，鸟雀欢鸣，晨雾迷蒙，几个孩子背着书包走过泥巴路，一个老人远远地跟着，一直送到垭口。孩子们搭上过路的面包车，高高兴兴上学去了，老人在柏油路边站了许久，偏着头，伸长脖颈，虔诚地搜寻着车窗里露出的每一张面孔。希望！失望！失望！希望！如变幻着的光与影掠过他苍老的眼底，无声地诉说着马鞍山老人和孩子的期待。

回来吧，远方的游子，马鞍山需要你！

|第三辑|

草儿也有花开时

纪念彼此想念的第 99 天

雨，一直下，淅淅沥沥，时断时续，被憋坏了的鸟儿躲在大榕树的缝隙里，东瞅瞅，西瞅瞅……

“老师，你啥时回来啊？”“老师，我们想你了！”“老师，二班需要你！”……我愣愣地坐在电脑前，看着 QQ 对话框里弹出的消息，原来 15.2 已经深深扎根在我的心里。QQ 群里佳丽的心随着成绩的公布裂成了碎片，我似乎又看见她垂头丧气地嘟着嘴，踢着雨水……我的心里充满怜惜，这种感觉特别像女儿在电话里哭着说“妈妈，语文 69，这个分数差得太离谱”一样让人心痛。此时很想在她身边，很想像曾经一样搂着她的肩膀，给她讲一段笑话，说一句安慰的话。

回想往年的今天，我的屋子里总是特别热闹，第一个来敲门的肯定是李文明，一个典型的彝族小伙；第二个来的是李晓龙，成绩不算优秀，却每回都有进步……最早打电话来的是小熊的妈妈，一个无比温柔，又满含着爱意的母亲；那个明明知道了成绩，却依然要打电话来问的肯定是老张的父亲……总之，往年的今天大家都很激动，不管成绩考得怎么样，大家都会很关注，考得好的在电话那头“嘿嘿”地傻笑，考得差的，一个劲儿地在电话里说：“老师我会努力赶上来！”往年的今天，会有接不完的电话，回不完的短信，家长们会问孩子的成绩，也会咨询青春期的教育问题。中午的时候，近处的孩子会三五成群地邀约着来学校，帮我清理教室，关锁门窗，闲了的时候会骑着我女儿的自行车去兜风。下午我们会去大海子，会把“郭大帅”约出来，一起在路边的草垛里下象棋，晚上还会一起放孔明灯……

窗外，雨还在下，雨水落在邻家的铁皮雨棚上，哐哐哐地响，二班的娃娃一直聚在群里叽叽呱呱：“老师，成绩出来没有？我考得多少分？”我告诉他们我不知道，要自己打电话问罗老师。但是他们一直在群里磨蹭，有几个说：“有点害怕，不敢问，还是等校讯通发来算了。”于是群里开始沉默，内疚在这一刻轻轻地涌起，耳畔响起最后一节课上老张说的话：“老师，你要记着，我们是你亲生的，我们要一直跟着你！你要快点回来。”突然觉得自己像个骗子，轻而易举地骗走了他们的感情，却又不好好珍惜；明明答应他们要一直陪他们到毕业，却又半道上扔下了他们。

想起每个周末都会在校门口等候的那两个女生，我的心里涌起一丝心痛，她们中的一个从小就没有妈妈，另一个的妈妈一直住在医院里。每个周末，无论多晚，她们都会守在校门口，月光下，一前一后地跳着阶梯，看见我来，带着哭腔跑来：“老师，我们好想你！”忍不住要把她们搂在怀里，像自家女儿一样，拍拍脑袋，捋捋头发，然后让她们一直陪着我走回家。

离开讲台的日子，二班娃娃的短信，二班娃娃趴在窗口偷窥我离开的眼神，二班娃娃父母的担忧……无时无刻不萦绕在心头，多少次想要回到教室，想要站在讲台上告诉他们要努力，要坚强。但是我害怕惹他们哭，害怕他们问我：“老师，你要回来了？”每个周末回去，远远地就能听见二班的娃娃在人群里喊：“彭老师！”看着他们一脸激动地冲过来，忍不住就会抱一抱他们。

六一那天下午，15.2 因为我的出现欢呼不已，娅娅只说了一声：“老师，你瘦了！”眼里就噙满泪水。活动结束时，已是深夜 11 点，他们围在我的宿舍门口，看着我要走，眼泪稀里哗啦地流下来，老张说："老师，你咋又要走？"狠狠心，我没有回头，任他们默默地跟在我后面走。一路上二班娃娃的短信不停地发来："老师，你放心，我们会努力，会坚强，因为做你的学生不能脆弱。""放心吧，我们会守好二班，等9月再见时，二班一定会好好的。"那一晚，我思绪难平。

算算日子，我离开15.2，离开"蚂蚁寻梦"班，已有三个月零九天。在这彼此想念的99天里，15.2的每一个人都时刻萦绕在心间，15.2的每一点信息我都了解，15.2的娃娃对我所有的想念，我都知晓，不联系只是不想过多搅扰，想让你们快快成长。

今天是个特殊的日子，是你们初二的最后一天，是我们彼此分离的第99天，在这99天里，我们都经历了很多，有孤独，有寂寞，有挫折，但是我们都勇敢地闯过来了。

9月我无法预知自己的未来，15.2的初三我不知道还能不能陪你们度过，但是无论我身在何处，我对二班的心依旧，对二班娃娃的想念依旧，唯愿15.2的娃娃越来越优秀。

开班破冰——静享幸福时光

傍晚，站在阳台上向远处张望，那里有清粼粼的湖水，有美丽的荷塘，还有山坳里恬静的乡村，一切都是静谧的，唯有那如血的残阳，带着生命的辉煌一点点地落向远方。

回头看看教室里的孩子，全都在埋头苦读，笔尖在纸上沙沙作响，谁也不愿意在这时候搭理我，偶尔抬头和我的目光相撞，他们便会露出浅浅的笑。看看墙上他们自己设计的班牌：高高的山崖下，一群小蚂蚁正在努力向上，一轮红日暖暖地照在它们身上……我不由得又在心里默念一遍他们给班级取的名字——“蚂蚁寻梦”，心里涌起莫名的感动。

那几个去买苹果的男生终于回来了，满脸的笑，他们全都停下笔，惊喜地看着那一大箱苹果从我眼前闪过。他们满眼期待地指指苹果，我笑了，他们也笑了，开学的第一天岂能没有节目？他们不知道，为了这份惊喜，开学的头一天，老张、小熊和我就已经开始忙碌了，我们把上学期积攒下来的废书、废本子、矿泉水瓶全部搬去卖了，才换来今天的大苹果。苹果发下去了，他们拿着手里的“宝物”，嘻嘻哈哈地闹着。我喊“预备”，他们就停止了吵闹，双手捧着苹果，嘴唇挨在苹果边上，眼睛滴溜溜地盯着我 ，“一、二、三”，还没等我喊完，教室里咔嚓咔嚓声已响成一片，小白牙拼命地钻进果肉里，腮帮子鼓鼓囊囊的，脑袋左一下右一下地歪着，舌头拼命地将啃下来的果肉刨进嘴里。有的被噎到了，脖子伸得老长，哽了一下，来不及喘气，又开始战斗。“老师，我的没了，我第一！”“我第二！”“我第三！”……好家伙，两分钟不到，一大箱苹果被他们全部消灭得干干净净，连个苹果核也没有。

教室后面的“目标树”上结满了红红的苹果，他们的豪言壮语，在这个春天的下午渗透到了果子的最深处，满含着希望之美，满教室的奖状见证了他们的成长。回首往事，他们活泼灵动的身影时刻伴随在我的左右，带给我那么多的欢乐和感动，幸福就在这一刻蔓延开来，似蜂蜜般香甜。

走出教室，忍不住又回头看了看他们，他们依旧一脸的笑意，有的在背单词，有的在写作业，有的在写日记，有一个小小的男生追出来：“老师，我留了一个最大的给你，快啃！”我笑了，原来爱也需要传递。

看看天边，夕阳已经完完整整地落下去了，不留任何痕迹，只有温热还残留在手心里，啃一口苹果，甜甜的。突然明白，生命其实就是一轮火红的太阳，只要找准支点，不停地旋转，将光和热散发出来，让更多的人感到温暖，就能在平凡的日子里尽享幸福的暖。

有人送我一棵草

一直以来，我都期待着有一天能有人送我一棵草，不为别的，就为了小时候看过的一篇文章——《有人送我一棵草》，具体的内容我记不清了，但是期待着有人能送我一棵草的愿望，却一直萦绕在心头。

我的学生喜欢送东西给我，青青的橄榄，火红的玫瑰，新鲜的蔬菜，饱满的蚕豆，散发着清香的栀子花……可就是没有我期待已久的那棵草！每一次收到学生们精心准备的礼物，我都会很感动，但是感动中却掺杂着一丝丝的遗憾！因为我期待着有一天，有人能送我一棵笔直的、散发着生机的草！

记得很久以前，有一个调皮得不行的男生是送过我一棵狗尾巴草，但那草不是笔直的，他用他的巧手将它编成了精致的“小狗花篮”。

那天晚上停电，教室里漆黑一片，什么事也做不了，我只得组织学生们玩击鼓传花的游戏。农村孩子放不开，鼓声停了，却没有人上台表演节目。烛光一闪一闪地映照着孩子们紧张而又兴奋的脸，我穿了条黑色长裙穿梭在他们中间，鼓励着他们。终于，一个，两个，三个……孩子们纷纷走上了讲台，悦耳的歌声在宁静的夜空中传递着喜悦与梦想。

突然，我发现坐在最后排的那两个男生在窃窃私语，还不时地看着我发笑。我有些迷惑，以为自己哪里说错了，或者是出了什么洋相，我最大的怀疑是我的衣服没穿好，因为我们老师常有人闹这种笑话。于是我开始仔细地检查自己，但是我什么也没有发现。我有些急了，走过去问他们笑什么，那两个调皮鬼什么也不说，只是不停地笑。我有些生气了，揪住其中一个的耳朵让他告诉我。他红着脸，说得很小声，我只听见他说：“老师，他说你！”然后就又笑开了。我的火气一下子上来了，揪着耳朵的那只手稍稍用了一点力，那调皮鬼夸张地叫起来，好像在向他的同桌求救。

“老师，我说你像个天使！”

电，就在那一刻来了，把教室照得很亮。同学们不约而同地把目光投向了这里，我很尴尬，我没想到我的学生，尤其是这个在别人眼里调皮捣蛋、一无是处的学生，会把这个神圣的称呼用在我的身上。教室里响起了雷鸣般的掌声：“说得好，说得好，老师是天使！”孩子们拍着手喊起来！

“嗨，夸我呢，我咋揪你耳朵呢？”我后悔地摇摇头，赶紧跟他说谢谢。不料他却站起来了，双手将那个小狗花篮捧到我的面前，还嬉皮笑脸地说：“天使，请笑纳！”我再也忍不住地笑了，无可奈何地拍拍他的脑袋，以表达心中的谢意！

那一届学生是我最早的学生，跟我应该算是患难之交吧，他们很快毕业了，我把那个小狗花篮放在书桌上，就像把他们的欢声笑语放在心里一样。后来，搬宿舍的时候，那个小小的花篮却不慎遗失了，就像学生们长大了，离我越来越远，渐渐淡出了我的生活。

每当我走进茫茫山野，都会想起那两个调皮鬼，想起他们带给我的欢乐，都会不由自主地采一棵翠绿的小草送给自己。我常常把小草带回家，插在玻璃瓶里，让它们在我小小的宿舍里散发出勃勃生机，伴我度过繁忙而又单调的一天。

我的生活因为有了小草的陪伴，多了一些欢乐，也多了一些充实，但是我依然期待着有一天有人能送我一棵草，一棵笔直的充满着生机的草！我一定将那草儿好好珍藏！

梦开始的地方

在一棵参天大树上，有一间精致的木屋，木屋里露出一个白衣女子恬静的笑脸，天空中飞舞着成群的白鸽。我忘了这是在哪一部电影里看见的画面，但是那一瞬间的感觉从未远离，像生了根一样长在心里。

后来，我用这个故事，引着一群孩子走出迷雾，踏上追梦之旅。

那年，我第一次当班主任，她是我班上的学生，温柔、善良、美丽、文静，几乎没挨过批评，没和同学闹过矛盾，这对于青春期的孩子来说几乎算是一个奇迹。在班上，同学们最喜欢她，也最信任她，谁有了困难，有了烦心事，有了小秘密，都喜欢找她倾诉。她，不多言不多语，静静地听着，温声细语地开导，极尽所能地帮助，每次选班委，评优秀，她的票数总是最多。在我眼里，她就像落入凡间的天使，纤尘不染，清澈似水。

初一、初二就这样度过，初三如约而至，升学的巨大压力像乌云压顶一样袭来，班上的学习氛围越发浓烈，同学们你追我赶，每天埋头于书山题海，谁要是稍有懈怠，就会被甩出一大截。

十五六岁的年纪，她出落成了“林妹妹式”的美人，男同学看她的眼神渐渐变得痴迷，我开始意识到早恋或许会成为这个女孩子追梦道路上最大的敌人。

5 月的一天下午，我照例巡视教室，走到她身边，嘤嘤的哭泣声吸引了我，她抬起一双泪眼，努努嘴，示意我出去。在教室外面的树荫下，我们交谈了很久，她说最近遇到了难题，学习状态不好，成绩下滑，男生们又不断地写信来骚扰，加之父母从小溺爱，让她得不到应有的锻炼，遇到困难就想逃，她感觉很累，想离开学校到一个完全没有竞争的地方去。

我拍拍她的肩膀，告诉她不要着急，所有青春期的孩子都会遇到同样的问题。上课铃响了，她抹干眼泪走回教室，我被触动的心却再也无法平息，那些青春年少的岁月，那些似曾相识的困惑，让我彻夜难眠。

第二天早晨，我突发奇想，要组织他们开展一次以“梦开始的地方”为主题的班会活动。他们一听激动不已，纷纷亮出儿时的奇思妙想，有个男生说：“老师，我小时候的梦想，就是长大了要开着飞机去抓小鸟。”他的“飞天壳子”引来一阵哄笑，教室里像古老的米花机放炮一样热闹。

我让他们猜猜我梦想中的职业是什么，他们有的猜警察，有的猜作家，有的猜画家，有的猜设计师……而我却告诉他们我最初的梦想是做修女，因为修女圣洁，与世无争！他们瞪大眼睛，一片哗然。

我又让他们猜我梦想中的居住地，他们好多都说是桃花源。我却告诉他们：“我梦想中的居住地是一片原始森林，那里长满了参天大树和常青藤，我想在粗壮的枝干上建一间木屋，养一群白鸽，开辟一个空中花园……”教室里又是一片哗然。他们说：“老师，你也太能想了，可是你现在却做了老师，离你的梦想越来越远了。”

她举手站起来，惋惜地说：“老师，那么美的梦，可惜了！”

我示意她坐下，告诉他们：“梦”是一个人精神家园里不可或缺的部分，但不是所有的“梦”都能实现，有的“梦”与现实相距甚远，我们只能将它放在心里，温暖自己。我们都是社会的产物，都必须回归现实，逃避解决不了任何问题，我们唯一能做的是适应社会，融入社会，保持追梦的决心和勇气。

女孩似乎若有所思，又好像恍然大悟。在以后的日子里，她脸上的笑容恢复了，眼里的惶惑消失了，她又开始努力学习，积极主动地参加班级活动，最终以优异的成绩考取了高中，继续自己的追梦之旅。

如今，七年过去了，他们有的步入社会，或打工，或创业，有的考取了重点大学，她也如愿考取了梦想中的医学院，选择了影像学专业。明年，她将穿上白大褂，走上工作岗位，用善良和美丽去温暖更多的人。

每年的教师节，收到他们从四面八方发来的消息和祝福，文字背后，一张张明媚的笑脸呼之欲出，我的心里溢满幸福的蜜汁，愿所有的孩子都能收获幸福。

你们在我的生命里

——寄语“蚂蚁寻梦”之真情 15.2

一　初识

2012 年 9 月 2 日的那天下午，你们提着书包和行李闹闹哄哄地挤在教学楼前的空地上，眼里充满好奇和惶惑，校园广播系统里反反复复地播报着：“通知，通知，请初一新生迅速到科技楼前查看分班名册，然后到雪松下集合。”你们听见声音一窝蜂地涌向科技楼，叽叽喳喳，人头攒动。

我拿着 15.2 的班牌，站在雪松下，你们大声地嚷着，相互询问着“我在二班，你在几班？”“我在三班。”“我也在二班。”“我在七班。”“我在八班。”……你们乱作一团，在人群里挤过来挤过去，拴在书包上的盆盆桶桶相互碰撞着，发出乒乒乓乓的声响。我把班牌交给第一个到达我面前的学生，让他站在台阶上高高地举着，好让你们尽快找到我这里来。你们站在队伍里，伸头缩脑，交头接耳，好奇地看着我，我报以你们淡淡的微笑，因为我知道你们中的大多数来自于偏远山区，你们曾经学习的小学，没有这么大的规模，你们也没有见过这么大的阵容——一个年级 700 多人，这对于你们来说相当于天文数字。

我按照分班名册一一点名，你们有的答“有”，有的说“到”，还有的说“来了”，也有的光顾着傻笑，结果点到白学会的时候，她却不晓得跑到哪里去了，我只得报告学校，让教导主任拿着喇叭大声喊：“白学会，白学会，请迅速到初一（2）班集合，你跑错了！”

我将你们领进教室，告诉你们做我的学生必须要拥有“三心”，你们一脸茫然，下意识地摸摸心脏的地方，不晓得谁冒了一句：“啥意思？一个人只有一颗心啊！”我命令你们起立，像小学生一样把双手背在背后，挺直腰板大声说：“爱心、宽容心、感恩的心！”你们的声音脆响，我笑了，你们也笑了，只是我不晓得你们到底领悟了多少。一切准备就绪，我带你们进了学生宿舍，你们闹哄哄的，一会儿要睡上床，一会儿又要睡下床，盆盆碗碗乒乓作响，我只得按高矮胖瘦来确定你们的床位，高的、壮实的一个人睡上床，矮小的、瘦弱的两个人睡下床。

终于熬到晚上十点半，查完寝，已是满天星斗。拖着疲惫的身躯走在回家的路上，眼里、心里全是你们笑笑闹闹的身影，像极了我自己的孩子，我在心里默默祈祷，远离家乡的第一个夜晚，希望二班的娃娃都能睡得安稳。

二　崛起

刚开学的时候，你们总是那么淘气，活像一群没有被驯服的小马驹，课堂上也要蠢蠢欲动，加之数学老师的温柔，你们就更加得寸进尺，一会儿打，一会儿闹，一会儿吵，一会儿告状，还有人竟敢直接到老师手里抢教科书用。课间的时候，你们就更把教室当成了游乐场，你追我打，前呼后拥，好不热闹。“小人国”的那群男生干脆直接睡在地板上，任别人拖过来，拉过去。杨林始终热衷于在教室门口的绿化带里跳霹雳舞，引来众多的围观者……

一个月很快过去了，初一新生入学后的第一次测试如期而至，看着你们信心满满地走进考场，我的心里却忐忑不安起来。果不其然，成绩出来了，班级语文成绩倒数第二，班级综合排名倒数第二！对于这个结果，很多老师都不相信，他们认为是我在打“埋伏”——开学第一次故意让学生考差一点，等期末就可以一鸣惊人。对于大家的疑问和猜测，我没有回答也没有解释，因为我清楚地知道从大山深处走来的你们，对中学里的一切都感到好奇，那些花花草草、健身器材、假山鱼池、多媒体教室、篮球、排球、羽毛球……所有的一切都充满着神奇的魔力，短短的一个月，光顾着看都来不及，哪还有心思学习？

那天的晚自习，我没有讲课，因为我读出了你们心里的惶恐，你们乖乖地坐在座位上，我知道你们在想：老师会不会很暴力？你们沉默着，第一次收敛了笑容认真听我讲话，我让你们学着用文字写出此时的心情，题目就叫《在反思中成长》。你们捏着笔，有模有样地沉思着，有的抓耳挠腮，有的低声交谈，有的始终在翻看自己那惨不忍睹的试卷。下课了，你们把酝酿了一节课的惊世之作交给我，我一篇一篇地看着，我从你们蹩脚的文字里读出了 15.2 的成长。

第二个月的测试，因女儿生病住院，我没有陪在你们身边，前前后后大致有十多天，你们如脱笼之鹄，自由自在地飞翔在校园里，我不知道你们那几天的心情如何，但是我从你们交上来的周记里读出了自我约束。这一次你们考了年级第七名，离我们的班级目标——“顺数第二名”还有一段距离，你们为此变得垂头丧气，信心全无。我于是带你们去了校门口，面对着高高的台阶，你们一个个都激动不已，摩拳擦掌，跃跃欲试，都想第一个冲到终点，结果由于用力过猛，后劲不足，才跳了十多级就气喘吁吁，纷纷停下来歇气，还有几个因为站立不稳倒退了好几步。我只得让你们重新跳一次，并嘱咐你们要根据台阶的高度和体力调整速度，你们终于掌握了要领，全部在规定时间内完成了任务。

我让你们站在孔子像面前，朝他目光所指的方向极目远眺，你们说："老师，那地方好远，总也看不到头。"我告诉你们"远方"就是梦想所要触及的地方，只有遵循自然规律，坚持不懈，脚踏实地，才能抵达成功的彼岸。你们似懂非懂，若有所悟。

在经历了这一次主题班会后，你们的顽劣秉性似乎收敛了不少，学习状态也渐入佳境，我决定趁热打铁，让你们给 15.2 取个名字，增强班级凝聚力。你们一听又开始激动起来，以小组为单位，引经据典，查询网络，叽叽喳喳，快乐不已，经过一个星期的酝酿，15.2 终于有了自己的名字——"蚂蚁寻梦"，我为你们拟写了班级标语——"炫翼青春，放飞梦想；蚂蚁寻梦，再创辉煌"。小熊还设计了班牌：高高的山崖下，一群小蚂蚁正在努力向上，山顶有一轮火红的太阳暖暖地照在它们身上……

初一的时光就这样在磕磕碰碰、跌跌撞撞中悄然逝去，你们也终于在初一下学期得偿所愿，成了年级顺数第二名，并陆陆续续把"运动会团体总分"第一名、"'六一'文艺会演"第二名、"'五四'趣味活动"第一名、"'一二九'歌咏比赛"第一名的奖状贴在了教室的正前方。

三　成长

"2 班欢迎你，迎接另一个学期，带来全新气息，年级改变情味不变，花香飘满情谊……"这是我为你们改编的班歌，一开始的时候，你们以为自己就能学会，每天下午跟着多媒体一遍又一遍地练习，后来实在没办法了，你们就请音乐老师和历史老师利用上课的间隙教你们唱。大约过了一个月，你们终于学会，有事没事总喜欢摇头晃脑地唱："2 班欢迎你，在太阳下分享学习，在校园里刷新成绩……有梦想谁都了不起，有勇气就会有奇迹……”

我以为你们已经从歌声里体会到了奥运精神，聚集起了前进的动力。但是你们的激情与上进并没有保持多久，两个月以后，你们青春期的逆反与迷茫就逐渐显露出来，早恋、赌博、打架、抽烟、逃学等问题接踵而至，我也常常被召进校长办公室，去处理你们闯下的祸事。

为了让你们尽快敞开心扉，勇敢面对青春期的各种问题，我决定重新设计学习园地，开辟了“我们犯的错”“问题锦囊”“青春期的迷惑”等栏目。面对着教室里的新鲜玩意儿，你们既好奇又羞涩，全都围在学习园地前叽叽喳喳地闹着。我站在教室外面的阳台上，偷窥着你们，我知道你们都在争着看“青春期的迷惑”，因为我在那里对你们最感兴趣的问题进行了逐一的分析，还给出了解决问题的方法。最吸引你们眼球的应该是“早恋专访”，在这个专访里有专家的分析与解答，有与家长的对话，还有应往届学生的心里话。

你们叽叽喳喳地闹着，争先恐后地伸长脖子想要看个明白，“问题锦囊”上很快写满了你们以匿名方式提出来的问题和同学的解答。我让班长把你们提出来的问题梳理出来，利用班会课与大家一起探讨，共同寻找解决问题的办法，并告诉你们以后我们会定期举行“有问大家答”的主题班会。你们用近乎欢呼的声音肯定了我的做法，我从你们清澈的眼眸里感受到了久违的阳光气息。

看着你们拿着“句号笔”，站在桌子上，把自己的理想、座右铭和要超越的对象逐一填写在“日标树”上，我的心里充满感动，也学着你们的样子，在最后一个苹果上写下豪言壮语。夕阳的余晖透过窗户，暖暖地照在教室里，那棵硕大无比的“目标树”因为你们而显得越发美。

2014 年就这样在笑笑闹闹中悄然而至，新年的第一天，我让你们在气球上写下自己的名字，然后对着气球许心愿，静静地想两分钟来年要做的事。我喊“一、二、三……”，你们就鼓起腮帮子一个劲儿地猛吹，砰砰砰，气球一个接着一个地炸了，那清脆的声音像极了你们满含着希望的心。你们如释重负地舒了一口气，不再闹闹嚷嚷，眼睁睁地盯着讲台上的苹果，我忍不住笑了：“你们真是一群馋鬼！”苹果终于发到手了，我喊“一，二，三……”你们就开始疯狂地啃苹果。“老师，我的没有了，我第一！”“我第二！”“我第三！”……好家伙，两分钟不到，一大箱苹果全被你们消灭得干干净净，连个苹果核也没有。

一个小小的男生悄悄地溜到我身边：“老师，我留了一个最大的给你，快啃！”我笑了，原来你们已经在我的呵护下长成了大孩子，并且懂得了爱我。

四　离别

“老师，你啥时候回来啊？”“老师，我们想你了！”“老师，二班需要你！”……我愣愣地坐在电脑前，看着 QQ 对话框里弹出的消息，我的心里充满了内疚，原来 15.2 已经深深扎根在我的心里，我似乎又看见你们垂头丧气地嘟着嘴，踢着雨水……

这是我们离别后的第 99 天——初二下学期成绩公布的日子。我悄悄地选择了隐身，我不知道要怎样回答你们的问题，我觉得自己像个骗子，轻而易举骗走了你们的感情，却又不好好珍惜；明明答应你们要一直把你们教到初中毕业，却又早早地离席。

那天下午，上完最后一节语文课，还剩十分钟，你们笑嘻嘻地看着我，我知道你们在期待这最后十分钟的惊喜——唱班歌、讲故事，还是演小品？我不忍心告诉你们我就要离开了，下个星期讲台上站的将不再是我。

“老师，咋了？三医院还演不演？”

“老师，上周给班级抹黑的同学还没有表演节目！”

“老师，快点，要放学了！”

…… ……

你们一个劲儿地催着，我不想破坏这样的氛围，但是我必须告诉你们，我真的要离开了，到底回不回来我自己也说不清楚。我就这样纠结着，直到最后五分钟才告诉你们，我要暂时离开一段时间，估计要三个月以后才回来，班主任暂由罗老师代理。

你们愣愣地看着我，半信半疑：“老师，你真的三个月以后就回来了吗？”“老师，明年我们就初三了，你不回来我们咋整？”我无法回答你们的问题，因为我自己心里也有太多的不舍，你们就像我自己的孩子，尽管有时调皮、闯祸、不爱学习，但是你们都是无比单纯善良的孩子。你们会在我声音沙哑时，悄悄为我采来青橄榄；你们会在我上课咳嗽时，主动送上矿泉水；你们会在我生日那天异口同声地说：“老师，祝你生日快乐！”你们会在不经意间把温暖和快乐悄悄地传递给我。

也许是一下子少了我的唠叨和约束，第一个星期，你们表现得异常开心快乐，罗老师每天将你们的情况告知我，我对他充满感激。

但是第二个星期你们似乎觉察到了什么，开始发短信来问：“老师，你是不是不回来了？”“老师，你办公桌上的东西咋没有了？”我的心里充满了愧疚，我不敢再近距离靠近你们，我怕你们伤心，更怕你们一个劲儿地追着我问：“老师，你要回来了？”

每个周末回去，远远地就听见你们在人群里喊：“彭老师！”QQ群里时不时会弹出：“我今天看见彭老师了！”“你在哪里看见的？”“啃苹果大赛什么的蛮有趣。”“我还想再抢一次老师从讲台上撒下来的糖果。”……

算算日子，我离开你们，离开“蚂蚁寻梦”班已有410天，在这410天里，我知道你们经历了很多，一路风雨，跌跌撞撞，有时开心，有时落寞，有时欢笑，有时哭泣。对于我的离开，你们有过疑惑，有过埋怨，更有过无尽的想念，这一切我都知晓，也很内疚，不联系，是因为我不想过多搅扰，你们必须尽快适应没有我的日子。

“长亭外，古道边，芳草碧连天，晚风拂柳笛声残，夕阳山外山 。天之涯，地之角，知交半零落……”窗外，不知是哪个班的孩子又在老师的琴音里，一遍又一遍地唱《骊歌》，原来又到了毕业的季节，我不由自主地又想到了你们。

6月14日，你们即将走进考场，很想再陪着你们唱一次“2班欢迎你 ，在太阳下分享学习，在校园里刷新成绩……有梦想谁都了不起 ，有勇气就会有奇迹……”但是一切都不可能了，我唯一能做的就是为你们的初中生活留下只言片语，并告诉你们面临新的挑战，要沉稳，无论成败都要对得起自己。

希望在，梦就在

“希望在，梦就在”，这是清香给我的启示，闲暇时脑海里总会浮现出她朴实中带点羞涩的笑脸，忍不住就会翻出曾经为她写的日志，仔细品读曾经的故事。

这是一个让我心生敬意的学生，她在苦难面前的隐忍与坚强是我始料未及的。以前我只记得她皮肤黝黑，个头矮小，说话的声音细若蚊蝇，灾难来临时她不哭不闹，默默承受。2008 年 8 月 30 日，我们这里发生了“8·30”地震，学生们的家里或多或少都受了损失，房屋倒塌了不少，学校为此停了近半个月的课。那一年，清香上初三，是我第一次带班的学生。9 月 16 日，学校复课，为了淡化灾难给他们带来的恐惧，我组织他们在教室里办手抄报，演节目，讲灾难中的故事。9 月 21 日，噩耗传来，清香的父亲因车祸离开人世，她们姐妹俩成了孤儿。第二天，清香随着姑爹一起回家给父亲办丧事，在离开我们的那一瞬间，她的眼泪，她的脆弱，还有在校门口回头对我的那一瞥，都深深地刺痛着我。

多年以后，再次点开 QQ 空间里的日志，仔细阅读《把爱洒向大山深处》，再次感受 09.3 的团结，09.3 的爱心，还有那些认识或不认识的人当年给她的鼓励与帮助，我的心里涌起暖暖的感动。我清楚地记得，我们去看望她的那天，她刚安葬完父亲，和妹妹待在奶奶家的老房子里，班上的几个同学正在帮她做着家务。村里的老人告诉我，她妹妹才上四年级，曾祖父七十多岁了，爷爷多病，且不太聪明，家里的农活主要靠奶奶来完成，以后姐妹俩将跟着三个老人一起生活。

从她家回来之后，每每想到她今后的出路，我就会莫名其妙地叹气，为了让她继续读完初中，也为了让她在离开我们之后有一点点可以自由支配的零花钱，我们开始为她捐款，并用我的名字开户，给她办了一个存折，每周按时把钱存进去。班上的同学也很懂事，女生们总是轮着和她挤在一张床上，陪她说话，陪她睡觉，争着和她做同桌；男生们也会为她做一些力所能及的事情，她的脸上终于有了笑容，成绩也有了进步。

2009 年 7 月，他们毕业了，那本写着我名字的存折伴着清香开始了新的生活。我原本以为她不会再上学，会和其他同命运的女孩子一样，踏上打工的历程，然后早早地成家立业。但是让人欣喜的是，她父亲的幺妹，一个只有 17 岁的女孩子，竟然愿意供她上学。2009 年 9 月，清香终于在姑姑的陪同下走进了西昌财贸学校，三年后，她通过自己的努力考取了师范专业，顺利进入专科班学习。

每个假期，清香都要和奶奶来看我，清香的奶奶患有严重的腰椎间盘突出和骨质增生，但是积极乐观的生活态度却极具感染力。清香依然腼腆，听我们说起她的家庭和学习，她总是默默不语，但是每年的教师节和我的生日，她都会发信息来告诉我她的近况，并让我放心，她一定会努力。

2013 年的冬天，清香竟然独自跑到宿舍来找我，高高的个子，粉红色的外套，蓝色牛仔裤，长长的马尾，灿烂的笑容，我不敢相信这就是曾经那个内向腼腆、皮肤黝黑的女孩子。她坐在我对面的沙发上，像只快乐的小麻雀，兴高采烈地给我讲她的打工经历，讲得手舞足蹈，眉飞色舞，每一个细节都介绍得清清楚楚。她悄悄告诉我：“老师，我要去实习了，到底怎样才能做个好老师，你要教教我。”

今年 8 月，清香从 QQ 上给我发来了这样一句话：“老师，我考取雷波的特岗了，我以后可以像你一样成为老师，追求自己的梦想了。”

这个历经苦难的孩子，终于成了阳光灿烂的天使。

国庆节前夕，我正忙着整理手头的工作，我的邮箱里突然多了一封来自水晶公主的信，我这才注意到清香的网名就是水晶公主。她的信写得很长，谈不上文采飞扬，却字字句句发自肺腑，她在信中写到了她的工作，她的学生，还写到了与家长的谈话，以及写信当天发生的一件事情。我放下手头的工作认真阅读，从她的文字里，我读懂了她心底的感恩，读懂了她对教育的热爱，更感受到了一个孤苦无依的女孩子在异地的慌乱与无助。我开始在手机联系人里搜索雷波朋友的电话，托他们帮忙照顾。

彝族年假前夕，清香发信息给我，说要来拿我的散文集《有人送我一棵草》，要和我一起分享。结果我一直等却不见她来，我正在纳闷，这丫头搞什么鬼，她奶奶的电话就来了，她说：“老师，我们今天找了好几家书店，终于买到你的书了！看见你的照片我都高兴，感谢你一直关心帮助我孙女，你的恩情我们会记一辈子……”晚上，我在 QQ 空间里看到了清香的留言：老师，现在的我，也在偏远地方做着与您相同的工作，请您放心，曾经您帮助的那个女孩早已长大，能自食其力了，您的恩情我一辈子记在心里，我会努力做第二个你！

我的眼前又浮现出六年前的那个女孩子，黝黑的脸庞，细若蚊蝇的声音，腼腆的笑容，而今她竟然也能站在讲台上，笑眯眯地给山里的孩子传授知识，追逐心中的梦想。

看着她的留言，翻着 09.3 的毕业相册，我又开始怀念有他们陪伴的日子，我似乎又听见他们在唱“阳光总在风雨后，乌云上有晴空，珍惜所有的感动，每一份希望在你手中，请相信有彩虹……”

附：

致我最亲爱的老师

我最亲爱的老师，不知道您看不看得到这封信？因为今天是星期五，我们放学了。今天我们班的孩子写字的时候用铅笔不小心弄到了眼睛，那一刻，我开始担忧，会不会很严重，我还可不可以接着追逐自己的梦想？后来去诊所里面看了，幸好没事。孩子自己也说不怎么痛了，那一刻我放心了，终于我又可以做自己喜欢的事了。

老师，虽然我不够优秀，但是我相信，我能够把这里的孩子教好。我教的是一年级，现在教他们拼音，我害怕我教不好，害怕我的方法不对。才开始那几天，我一直着急，有时会睡不着觉。现在每天都很累，也很充实，那些孩子挺乖，我看着他们一天天的进步，心里挺欣慰。哪怕是他们把地扫得干干净净的，我都会高兴很久。每天中午，看着他们吃饭，虽然很慢，吃相也不美观，但是看见他们吃得香，我就觉得幸福，他们满足的微笑填满了我的心，能够遇到这么一群天真、乖巧的孩子，我觉得自己挺幸运……

家长们都说孩子的基础不好，我是新老师，交在我手上有些不放心。跟家长闲聊的时候，他们都会说：“现在遇到一个好老师挺不容易，一个好老师便决定了一个孩子以后的人生。”每到这时，我就会觉得肩上的担子更重了，我跟他们保证我会尽力做个好老师，我还会骄傲地跟他们讲到你，告诉他们我也曾经遇到一个好老师。现在我的班上也有跟我遭遇相同的孩子，只是他们还小，什么都不懂，只知道爸爸妈妈外出打工了。看着他们，我就会想到曾经的自己，那么孤单，那么无助。我暗下决心，一定会学着用自己的爱，去关心他们，陪伴他们快乐成长。

现在的我，整天围着63个孩子转，一年级的孩子还太小，他们什么都不懂，每件事都要为他们操心，但是每天看到他们灿烂的笑脸，我就会很满足。每到这时，我就会回想起初中时候，那时我们正处于青春期，叛逆，不懂事，但是你总是很耐心地教导我们。我想那时的你，应该比现在的我累很多很多吧？我无法想象你为我们付出了多少，操劳了多少，这辈子遇到你这么好的老师，真的挺幸运的，因为你不只是我们的老师，还是我们的朋友、亲人，有时甚至觉得你比妈妈还要好，真的谢谢你……老师，曾经您帮助的那个女孩早已长大，能自食其力了，您的恩情我一辈子记在心里，我会一直努力，努力让这些孩子学到更多知识，懂得更多做人的道理。

老师，你不要为我担心，其实这儿挺好，虽然离家很远，但是我已经爱上了这儿，爱上了这里的孩子，爱上了教师这个职业。这一切都是您给予我的，我会把它传承下去，努力做第二个你。

风来了，我们一起挡

2008 年 9 月 21 日，天空有些阴暗，风刮得有些吓人，我住的是由教室改装的临时宿舍，隔墙是用纸板横挡在两家人中间钉在墙上的，风透过门窗的缝隙灌进来，纸板嘎吱嘎吱猛烈地摇晃着，盆盆碗碗、瓶瓶罐罐乒乓作响…… 女儿吓得缩在沙发上，怯怯地问："妈妈，隔墙会不会倒下来？我会不会被吹到隔壁王孃孃家去？"

砰砰砰，激烈的敲门声响起，单扇门似乎也开始摇晃了，女儿吓得抓紧了我的手，我将女儿拉到门后背风的地方，迎着风将门打开。门外站着一个中年人，我没有见过，衣服很长，裤腿高高地挽起，穿着一双沾着泥的黄胶鞋，风几乎要把他刮进屋里来。他搓着手，着急地说："老师，你是清香的班主任吧？我是清香的亲戚，她爹今天出车祸死了，头和身子已经完全分家了……车子脱保，赔不到钱……我们现在还不敢告诉她实情，只是跟她说她爹在元谋医院。但是她老是哭，我们想请老师多注意她一下……"

听着他的话，我的眼泪不听话地在眼眶里打着转转。清香是个苦命的孩子，初一的时候，妈妈不知道什么原因离家出走；初二的时候，爸爸妈妈离婚，作为班主任我记得每一次暴风雨来临时她战栗的样子。

中年人走了，我却没有动，我不知道该怎样面对这个可怜的孩子，我也不知道见到她的那一瞬间，我能不能控制住眼泪。下午 5：30，我走进教室，装着若无其事的样子巡视一圈，故作开心地和同学们开着玩笑，然后才在清香身边坐下。我像平常一样问了一些她家里的情况，她收住眼泪，回答着我的问题，像在和我拉家常。几分钟过后，她的情绪渐渐缓和过来，我这才敢切入正题："清香，你爹出了车祸，正在医院里治疗，这时候他肯定最担心你和妹妹，你要勇敢，别让他担心！如果你有了困难，不要害怕，我们大家都会帮助你的。"听了我的话，她坚定地点点头，然后和同学一起讨论问题，完成作业去了。

第二天中午，我刚下课，电话铃就响了，打电话的是清香的姑爹。他告诉我，孩子的父亲已经火化，并运回了家，他马上就来学校接清香。想到孩子就要面对这残酷的现实，我的心一阵绞痛，放下书本，擦干眼泪，又返回教室，让班长先带清香去吃饭。

等清香吃完饭回来，我才告诉她："你爹回来了，不管怎么样，你都要勇敢，有困难记得打电话给我，我会找人来帮你，回家后一定要听亲戚的话，照顾好妹妹，不能老是哭！"清香使劲儿地点头，哽咽着说："老师你放心，我会的！"

清香的姑爹终于将她带走了，班上的同学默默地目送着她走出教室，清香一步三回头，不停地对我挥手，有两个女生强忍着泪水将她送到校门口。

那天下午，班委会如期召开，大家决定为清香捐款，全班每人每周为清香节约 1 元钱（班主任 10 元）的零花钱，捐款要一直持续到她初三毕业。大家还决定将清香的情况告诉其他老师，一起帮清香渡过难关。

第三天是清香父亲下葬的日子，我很担心，就给她的姑爹打电话，询问孩子的情况。她姑爹告诉我清香上坟山去了，他说这孩子比我们想象的要勇敢，虽然不停地哭，但是该做的事一样也没落下！

那天恰巧学校放假，同学们不但为清香捐出了第一期零花钱，还在那天下午，三五成群地走路来到大山深处的清香家，帮她一起做家务。天快黑的时候，她用姑姑的手机给我打来电话："老师，你不要为我担心，我没事，有好多同学都来看我了。今天晚上她们会在这里陪我，我不会害怕的，老师你放心吧。"

第四天早晨，我们初三（3）班的八位老师也向学校请了假，骑着摩托车，翻山越岭，来到了清香家，还为她凑了几百元钱应急。淳朴的孩子再也忍不住哭了，她对着老师们深深地鞠了一躬，连声说着："谢谢！"

我想此时的清香一定不会再感到孤独和无助，因为有那么多人都把爱洒向了大山，洒向了大山深处的她，那爱犹如温暖的阳光，照耀着大山深处的每一寸土地，就算遭遇再大的风雨，她也能勇敢地挺过去。

给孩子的心灵一个温暖的“家”

这几天我的心情有些沉重，心底有一个强烈的愿望想对所有的人说出来，那就是让我们携起手来，给孩子的心灵一个温暖的“家”。

这几天有孩子频繁地私下里来找我谈心，我细细观察发现昔日孩子们脸上那灿烂的笑容消失了，取而代之的是一张张小小的苦瓜脸，愁容满面的样子让人心疼不已。

他们一般都很谨慎，大多数都是先悄悄地递纸条告诉我：“老师，等你家只有你一个人的时候你叫我，我有事要和你说。老师，你要保密啊，我只想和你说！”然后等我家真的没人的时候，他们就会悄悄地溜进来，一脸庄重地向我倒出心中的秘密和苦水。

刘丽是个女孩，淳朴善良，宽容大度，每次一叫“老师好”，肯定给你一个灿烂的笑。但是这学期以来，这笑显得很勉强，这笑在逐渐消失。4 月，她找我说过一次，倾诉过后，脸上有了一丝久违的笑容。前天下午，我刚要上教室，她又来了，似乎有些为难地说：“老师，我想和你说点事！”“是不是又和你妈妈吵架了？”她很惊奇：“老师，你怎么会知道啊！”然后孩子开始告诉我，她妈妈因为骂妹妹，看见她进来也骂她，而且语言还不怎么好听。孩子说她妈妈常常不听她把话说完就骂她，有些语言实在很伤她的自尊心，有时候就算是妹妹错了，不骂妹妹反倒骂她，她认为妈妈偏心偏得太厉害，这让她的心里很不平衡。她感觉和妈妈相处的日子很不开心，家让她很苦恼，所以她请求住校，想减少和妈妈待在一起的时间。

李华是个男生，初一时活泼可爱，特别有女生缘，女孩都喜欢围着他，但是初二以来却很少说话，而且特别爱留长头发，偶尔还会在头上戴发卡！也就是说他有女性化的倾向！昨天中午，他递给我一张很长的纸条，想要寻求帮助。李华的父亲常年在外地打工很少回家，他常年和妈妈生活在一起，他说他有很多青春期的困惑没有人帮他解决。他说他无聊的时候，特别喜欢翻弄妈妈的化妆品和漂亮衣服，他还说妈妈经常为了一点点小事情就说他，骂他，唠叨个没完。他看到别人穿新衣服很想买，妈妈却总是说："有穿的就算了。"我这才发现他的衣服全是刚进校时穿的，已经很旧了。

李敏是个很温柔的女生，性格很内向，做事没什么主见。面对激烈的竞争她感觉很累，很想离开学校，到一个没有竞争的地方去。她的另一个烦恼是父母的溺爱，让她得不到应有的锻炼，让她在学习和生活中没有什么承受能力，遇到困难就想逃，而父母对她又寄予了很高的期望，为此她多次伤了母亲的心。由于种种原因早恋成为她学习中的一大障碍。

张华是个帅气的男生，父母都在外地打工，常年住在学校里。他和李敏的恋爱在初一时就已经发生了，而且无力自拔。他越想控制就越魂不守舍，他说周末和夜晚是最难熬的时候。最近上课老走神，学习成绩呈直线下降，这一切让他感到着急而又无助。

王刚也是个男生，长得很可爱，初一时很开朗，很有组织能力，常常活跃在篮球场上。今年，他不玩了，一天到晚埋头苦读，学习飞速前进，笑脸却越来越少。他说父母对他的期望太高，不努力不行，但是他知道自己远远没那么优秀，所以越努力就越担心。

……

每当他们对我说出了心里话，并在我的开导下解开心结时，就会笑着对我说："谢谢你，老师!"纯真的笑脸再次展现在我的面前，那笑容美得像春天田野里的小花。

看着他们久违了的笑脸，我真心希望父母们不要把挣钱看作是生活的全部，不要为了挣钱而将孩子孤独地扔在家里或者学校，不要因为生活的压力而盲目地冲着孩子发火，不要把自己年轻时无法实现的梦想强加于孩子，也不要让你的溺爱成为孩子的困扰……

青春期的孩子有很多秘密需要与人分享，有很多好奇而又无知的问题需要正确引导和解答，他们如稚嫩的小苗，时刻都需要亲人的抚慰与引导。老师们、家长们，让我们携起手来，给孩子的心灵一个温暖的"家"吧。

爱是红色的

一直以来，我都认为爱是清澈的，是我们心灵深处最真、最纯、最美的一种感觉，它不应该有颜色，但是这个秋天，我的学生让我感知了爱真正的颜色，它是一种如火焰般炽烈的红。

那天是教师节，适逢周日，我们是农村寄宿制学校，恰好也是学生周末返校的日子。吃过中午饭，便陆陆续续有学生来敲门，每一次打开房门，我都会看见一张挂着汗珠的脸，笑眯眯地递给我一些礼物，有红红的桃子、盛开的野花、绿油油的蔬菜、精致的卡片……农村孩子不善言谈，什么也不说，只是抬手抹一把脸上的汗，腼腆地笑着，将东西递给我，脸一红就跑掉了。

很快，我那小小的宿舍就成了秋天的田野，南瓜、莴苣、莲白、蚕豆、野茴香、绣球花、芦苇、野百合……五颜六色的，堆满了我唯一可以放东西的小桌子。我用小刀将矿泉水瓶的上半截切掉，装上水，插上花儿，一排挨着一排，整整齐齐地摆在书桌上，然后搬把椅子坐在那里，细读他们写给我的卡片和信。我读着，笑着，猜想着他们给我准备礼物时的小心思和脸上的表情，忍不住就笑出声来。

6：30，上晚自习的时间就快到了，我拿上书本，准备上教室看看学生们到齐了没有。砰砰砰，门又响了，门外站着我们班个子最小，也最不爱说话的女生——倩。我有些奇怪，这孩子是班上的学习委员，平常返校都很积极，今天这是怎么啦，磨蹭到现在才来？

她有点害羞，脸红红的，汗珠一颗一颗地往下掉，还哼哧哼哧地喘着粗气，一看就知道她是跑着来的（她家在白云山脚下，离学校有十几公里路呢）。孩子轻轻地低下头，将手里的小尼龙袋递给我。我接过来，沉甸甸的，足有十来斤重。她细声细气地说："老师，你辛苦了，我摘几个火把梨给你吃，祝你教师节快乐！"

我拉起她的手，细嫩的手掌上有两道深深的勒痕，我正想说什么，她却转身跑了，我能看见的只有她红色的背影。

看着袋子里的火把梨，个头真大，已经完全熟透了，像玉做的小葫芦坛，盛满佳酿，晶莹剔透，向阳的一面红彤彤的，仿佛火把已经被点燃，轻轻咬一口，酸酸甜甜的汁水迅速在舌尖儿上流淌开来，如幸福的蜜汁滋养着我的味蕾。

草儿也有花开时

那年秋天，我刚参加工作。在一个细雨绵绵的早晨，我在街角邂逅了一个卖花的老人，他蹲在雨中，拨弄着面前的蓝色小花，叶子又大又圆，翠绿翠绿的，花瓣很小，蓝得醉人。老人说："这种花叫瓜叶蓝，每年只开一次，花儿谢了，要记得采摘花籽，明年春天重新种植。"

我从老人手里买了一盆瓜叶蓝，带回宿舍放在窗台上，每天早上都要把它端到小树林去晒太阳，晚上又端回来。时间一天一天地过去了，瓜叶蓝渐渐失去了原有的生机，宽大的叶子开始萎缩，渐渐失去了翠绿的颜色，蓝色的小花也耷拉着脑袋，可爱的蓝色精灵不再跳跃。我比以前更加细心地照顾它，但是瓜叶蓝最终还是枯萎了，花枝上挂着一些看似成熟的花籽。我小心地守护着它们，仿佛在守护来年花开的希望，等它们彻底干了，才将它们采摘下来，晾在窗台上，直至没有一点水分了，才收起来放在书桌的抽屉里。

第二年春天，我将花盆里的泥全部换掉，装上肥泥，撒上花籽，浇上水，放在门口的小树林里……日子一天天地过去了，在一个阳光明媚的早晨，花盆里终于露出了一些绿色的小脑袋。我的心里一阵窃喜：瓜叶蓝又要开花了，蓝精灵又要出现了。

同事们看到我痴迷的样子，都笑我是"花痴"，有事没事都会过来看看。可是随着小苗逐渐长大，他们全都笑了，迷惑地问："你种的这是花吗？我们怎么看着像野草啊！"

“我用花籽种出来的，肯定是花！”我笃信地说，他们哄笑着走了，再也没有人来关心我的瓜叶蓝。

有一天，隔壁的小男孩杨林把我拉到一丛野草前，笑着说：“嬢嬢，你种的那棵真的不是花，你看它和这里的草长得一模一样！”他还摘了一张叶子递给我，我仔细审视着手里的叶子，它和我种的那棵的确一模一样。我告诉杨林，花苗还小，也许等它长大了就不一样了，我相信它会开出花来的。

我比以前更细心更虔诚地照顾瓜叶蓝，因为我坚信它一定会开出蓝色的小花。

暑假很快到了，瓜叶蓝还是没有开花，只是一个劲儿地疯长，叶子还是草的样子，我只得把它托付给同事照料。

假期结束回到学校，推开宿舍门，一股淡淡的清香扑鼻而来，我愣住了，我执着守候的那株“瓜叶蓝”真的就是一棵草，它已经开花了，雪白的，足有十来朵。那一瞬间，我觉得自己有点傻，傻得将一株野草当成宝贝来养，又有点可爱，可爱得肯花三个月的光阴守候着一株草，直到它开出美丽的花朵。

开学的第一天，我给学生们讲了这个故事，他们笑得前仰后合，“老师你可真是白忙活，搞了半天，原来你种了一棵草……”我郑重地告诉他们，那棵草其实也不错，它有着顽强的生命力，凭着自己的努力绽放了生命的花朵，花儿虽小，却散发着芬芳，在我眼里这就是美。

我还告诉他们，我对他们的期待就像对瓜叶蓝一样高，但凡他们尽力了，哪怕最后只能开出一朵平凡的小花，我也会为他们感到骄傲。

喳喳喳，喜鹊来啦

昨天，有人送花给我。今天，也有人送花给我。拿着新鲜的玫瑰花，从教室里走出来，心情异常的好。每天清晨总是很期待，期待有人能从田野里为我采来一棵草，或者一朵花，因为那新鲜的花草，实在让人迷恋。

送花的是个男孩，我叫他“小喜鹊”，他们班的同学也跟着叫。他学习不好，写字总是乱画，初一时，几乎每天的作业都要重做。罚他重做，不是因为他做不对，而是因为他不用心，总是不把字写工整。

每次去他们班上课，我还没进门，他们就已经在笑了，他们说上语文课太好玩了，一点压力也没有。我走上讲台，他们就会情绪高涨，如同吃了兴奋剂一般，叽叽喳喳地和我说个不停，好像有几百天没见了似的。“小喜鹊”就是这群人里的代表，特别爱和我开玩笑，每天我一进教室，他就会喳喳喳地说个不停，他的话一出口，你要想不笑那是绝对不可能的，这小笑星的魅力我可是领教了。“小喜鹊”的称呼由此而来。

每次有事，我总喜欢叫他：“喜鹊，来！”话音一落，他总是笑眯眯地跑来，接过我的书本，帮我抱到教室或者办公室。每次在路上遇到他，他都会笑眯眯地叫一声“老师好！”然后和我开一些不着边际的玩笑，当我伸出手想要去拍他的屁股时，他却早已做着鬼脸，一路笑着跑远了。老师们都说他学习不好，纪律不好，很讨厌，但是我却特别喜欢他，大多数时候我叫他“小喜鹊”，偶尔也会叫他“小侄儿”，他高兴得像得了什么大奖似的，眯着眼睛笑。

昨天上早自习，走到“小喜鹊”身边，就闻到了玫瑰花的清香，我用鼻子仔细地搜寻着，最终在“小喜鹊”的窗台上发现了那朵火红的玫瑰花。下课了，玫瑰花归我了，“小喜鹊”领着一群同学簇拥着我，叽叽喳喳地闹着，一直将我送到办公室。

今天上第一节课，我又闻到了玫瑰花香，原来可爱的“小喜鹊”又给我摘花来了，而且这次是两朵。他们厚脸皮地说：“老师，小喜鹊天天送玫瑰花给你，你就不要再罚他了吧？”

我笑了，他们也笑了，因为我的表情告诉他们，如果“小喜鹊”不认真写字，一切还得照旧。

相逢是一树花开

雨丝从窗前飘过，淅淅沥沥，敲打着树叶发出沙沙的声响，窗外的香樟树被风吹红了叶子，落得满地都是，突然就有些怀念，怀念那个我为之奋斗了14年的地方，还有那满校园的花香。

时间追溯到2007年8月，离开学还有一段日子，我回学校取东西，听同事说我们要换校长了。8月31日，学校召开教职工会，大家都回来得很早，我站在阳台上，看见许多陌生人走进学校，同事告诉我穿白色休闲服的那个就是新来的校长。我远远地审视着这个在学校里流传了很久的人物，个子很高，有四十来岁的样子，因为离得远，我看不清他的眼睛，感觉不到传说中的那种犀利目光，但是他眉宇间的冷峻与威严却隐隐地传来。

下午2：00，走进会议室，大家都在窃窃私语，我不想说话，径直找到座位，安静地坐在窗边。主席台上的领导开始讲话了，新来的校长似乎并不关心讲话的内容，而是饶有兴趣地审视着坐在下面的我们，他的目光从会议室的左边移到右边，又从后面移到前面……突然，我的手机铃声响了，清脆的声音吓了我一跳，我明显地感觉到新校长的目光投向了这边，如黑夜里的闪电，无声无息，却寒气逼人。还好，他很快又把目光转向了别处，我深深地吸了一口气，庆幸自己关得快。

晚上，在小会议室召开班主任会，好像是谁提了个问题，大家就七嘴八舌地说个不停，而且声音越来越大，还有肆意的笑。他停止了讲话，嘴角微微上扬，斜着眼睛，将犀利的目光射向声音发出的地方，那几个人似乎还没有注意到气氛的变化，还在小声交谈。新校长突然加重了语气，音量也提高了几个分贝："请你们——一定要想办法，在一个月内——拿下你的学生，建立良好的班风！""嘿嘿，拿下！"我一下子忍不住笑了。他似乎有点尴尬，调整了一下语气又说："当然，我不是让你们去打架，而是让你们用自己的言行去影响学生，做学生的楷模！"那几个人似乎被他的声音震慑了，突然就停止了讲话。

开学第一天，我报完名没什么事做，就带着学生在教室里画窗花纸，想把教室布置得美一点，结果选班生一个接一个地来，本来我们班就是全校人数最多的班级，两个小时不到就又新增了 7 个。数数报名册上的名字——77 个！看着窄小的教室，我决定去找校长反映情况，不能再开单来了！结果他只是"嘿嘿"地笑了一下，然后说："家长愿意把学生交给你，那是对你的信任，证明你有能力。"就挥挥手让我走了。

回到教室，正跟班长商量怎样给新同学安排座位，突然就有个中年人在窗外张望，他举着手里的单子说："我们来找三班的班主任报名。"我抬头一看，窗外站着个女孩，穿着乞丐装，嘴里叼根棒棒糖，歪歪斜斜地站着。我放下手里的报名册，走出教室，本想先和女孩打个招呼，消除彼此间的陌生感再报名，结果我笑着看了她几分钟，她都不搭理我，还自顾自地吮吸着棒棒糖，眼睛望着天空。我作为教师的自尊心瞬间被她的冷漠打入了冰窖。

我告诉中年人，我暂时不能给他的女儿报名，因为她根本就不接受我，除非她愿意喊我一声："老师好！"

中年人诧异地看着我："我和你们校长可是十几年的兄弟！"

我告诉他走进这个教室，所有孩子都是平等的，他们只是我的学生，与他人无关！他不停地点头，似乎对我的观点很赞同，就拉着女儿到一边去交流，但是站了很久，女孩都不愿意松口，后来他们就走了，说是等做好女儿的思想工作再来。

下午，我正忙着往教室赶，表叔突然把我叫到路边，说我得罪了区工委的什么领导，不给人家的娃娃报名，不给新校长面子……我告诉表叔，我有我的原则，我这是在教学生做一个有礼貌、懂尊重的孩子，表叔摇摇头，不置可否。后来，那个女孩一直没有来，据说是去了别的班级。

新校长是个“工作狂”，一来就给我们定了很多规矩，每天不知疲倦地在校园里巡视，只要上课铃一响，他就会倒背着手，穿一件黑色的风衣，站在教学楼前的空地上，板着脸盯着我们，无论是老师还是学生，谁要敢拖沓懈怠，就会遭到严厉的批评。在他的威慑下，我们这群曾经懒散惯了的兵，突然变得无比勤谨，每天起得比鸡还早，跑得比兔子还快。就连那群平时像野马一样淘气的学生，听见上课铃响，也能健步如飞地跑进教室，制造出琅琅书声。

因为心里一直想着表叔的话，我自然就比别人多了一份小心，每天上课铃还未响，我就已经早早地等在教室门口；每次经过他的办公室，我总是选择绕道走；远远地看见他，我就开躲；备课、改作业、管理班级也比别人用心……

但是不幸的一天终于还是来了，那天早晨，我正站在凳子上弄墙上掉下来的画，突然就听见有人在喊：“彭老师，快点，校长喊你去他办公室！”我一愣，吓得差点从凳子上摔下来。走进校长办公室，他正在批评人，我壮了壮胆，怯生生地问：“校长，你找我有事吗？”他冷冷地挥一挥手说：“先去看看你们班的男生寝室，回来再说！”走进男生寝室，我自己都不忍目睹：床铺乱七八糟，地上还有花生壳……哎，我在心里叹一口气，“屋漏偏逢连夜雨”，这群鬼娃娃，真是不争气！那一刻，我的脑袋在飞速地运转，反复盘算着要怎样才能躲过这场“暴风骤雨”。

回到教室，那群捣蛋鬼男生居然萌发出小男子汉情结：“老师，不要怕，我们陪你去，在学生面前校长肯定要给你留面子，我们嘴巴甜点，态度诚恳点……”看到他们摆出一副“英雄救美”的样子，我真的是感动得要死。

当我带着三个男生再次出现在校长办公室时，他的语气明显地缓和了一些，他平静地听学生们承认完错误，然后交代了几句，就让他们走了。

我咬紧嘴唇，偷偷地观察着他脸上的表情，想判断出下一秒会发生什么。

“你结婚了吗？”他突然这样问。

我有点蒙了，顺口就说：“我女儿都六岁了！”

“我是问你结婚了没有？”

“结了。”我只得老实回答。

他的脸上掠过一丝笑容，我想他也许是觉察到了我的紧张，抑或是误认为我是新来的特岗，觉得我太年轻，太秀气，管不住学生，想要调节一下气氛。他没有再说男生寝室的事，反而交代我，低血糖很危险，要随时带点巧克力在身上，放权给学生要注意督促，班级管理要更细致一些才会有效果。我愣愣地听着，不敢插嘴，那件一直让我忐忑不安的事情，他也压根儿就没有提起，直到我的手心攥出了汗，课间操的音乐响起，他才说：“去忙吧，相信你！”

那一秒，我就如同刑满释放的犯罪分子，暗自窃喜，一路小跑，飞奔到操场上，告诉小男子汉们：“没事了！”他们欢呼雀跃，围着我又笑又跳。

相识的第一年，就这样在“猫捉老鼠”式的游戏中结束了，偶尔的挨批在所难免，但是我对他的畏惧似乎在慢慢缓解。每次被他召进办公室，似乎都能学到一些新的东西，都会有一点小小的进步，偶尔，他心情好的时候，还可以和他扯几句白话。

他任校长的第二年，我们那里发生了“8·30”地震，学校的房屋倒塌了很多，还停了很久的课。他每天组织我们自救，从不缺席，严肃的面孔在灾难来临时，似乎有了笑容。他每天和男教师一起搭帐篷，搬东西，拆除危房，然后就和大家一起到食堂去吃饭，他和我们之间的隔阂似乎在一点一点地化解。

灾难终于悄然逝去，当又一个春天来临时，那些新种的树苗和花草，在经历了移栽的生死挣扎后，开始吐绿，绽放生机，花园里的白玉兰和含笑次第开放。有时走过“书香路”，忍不住就会想起以前的荒凉，抬头看一看逐渐长高的芙蓉和紫薇，就会情不自禁地想象来年春天绽放的花蕾。

日历很快翻到了2009年，有一天早晨，我正在阳台上给花浇水，他突然就出现在我的身后：“三天以后，你去二中参加全县初三毕业班教师经验交流会，你代表学校作一个发言。”我一听就愣了，我天生就是个胆小鬼，让我在那么多人面前发言，还不如杀了我！我跟他说，我不去，我怕得很。他突然变得异常严厉：“怕什么，人家又不会吃你！就这样定了！”然后就转身下楼去了，走了几步，又回过头来说：“不用怕，到那天我们都会去。”

经验交流的那天早晨，我排在第一个！紧张让我只知道拼命地喝水，一口又一口，足足灌下去一大瓶。终于，我讲完了，掌声——证明我还可以，从讲台下来的时候，有几个老师问我要讲稿，说要珍藏，那一瞬间，我仿佛感觉到了他眼里的欣喜与骄傲。

从那一次开始，他就像哥伦布发现了新大陆，只要有机会就把我推出去，我开始在他的高标准、严要求下，不断挖掘自己的潜能，魏书生、李镇西、张景浩、高金英、韩军、李卫东等一大批教育专家逐渐进入我的视野，“教育叙事”这个全新的理念如一颗饱满的种子，深深地埋藏在我心里。2009年，我的第一篇教育叙事散文《有人送我一棵草》见诸报端，会理县“优秀教师”的荣誉证书也如期到达，他脸上的表情不再阴沉，微笑一闪即逝，如此吝啬，但我却真真切切地感受到了亲切。

2011年的彝族年，他带我们去了海南，在那个像梦一样的地方，每天都会有许多像贝壳一样美丽的文字在我的脑海里闪现，新的创作灵感像海浪一样翻滚而来。回程的路上，他开始征求大家的意见，问到了攀枝花，有多少人要先走，我急于要找到电脑，要把那些文字记录下来，所以想都没想就举手了。结果在我还没有回过神来的时候，他就已经发火了，那声音，那架势，让我感觉到他不是在征求意见，而是在命令，也不知道怎么了，我温柔外表下的牛脾气爆发了，以一贯的任性态度出现在大家的面前。

那天晚上，我谁也不想搭理，坐在车窗前看火车驶过茫茫原野，他不知什么时候走了过来，坐在我旁边的座位上。我把头扭向窗外，懒得搭理，他突然笑着说：“听说我白天的声音太大，让你生气了……”我回敬他一句：“您是领导，我哪敢生气！您也不会犯错误！”他没有介意我的无礼，继续笑着说：“领导也是人，也会犯错误……”我不好意思再和他斗嘴，因为我知道，不是每个领导都可以容忍下属的任性和无礼。

后来在一次交谈中，他淡淡地说：“大家一起出去，我只是不想让你一个人不开心而已。”在他难得一现的笑容里，我看到了如兄长般的宽容与期许，真正的敬意滋生在心里。

从海南岛回来，我开始重新审视自己的教育和写作，并逐渐认识到校园是一个广阔的天地，校园里的每个人都在潜移默化中相互影响，慢慢成长，无论他是领导，还是老师，抑或是普通的员工，都在陪伴学生成长的过程中，不断磨去自己的棱角，让自己变得更加宽容、成熟。我突然悟到伯老师一直倡导我坚持的教育叙事写作，它的内容不应该仅仅局限于学生的成长故事，它应该包括更加广泛的领域，我们关注的对象除了学生，还应该包括领导、教师和家长。

2013 年暑假，校园里的花竞相开放，我有了将自己所写的文字结集，让更多的人分享的冲动。整整一个月，我一直坐在电脑前，一篇一篇地校对，一篇一篇地修改，尽管很累，却不敢有丝毫懈怠，因为我的耳畔时常会响起他常说的那句话："我不喜欢和欣赏半途而废的人，遇到困难要坚持!"

2014 年 10 月，经过长达一年的反复校对和完善，我的第一本散文集《有人送我一棵草》成功问世。当我拿着《有人送我一棵草》再次走进他办公室的时候，校园里的香樟树已经结满了黑色的香樟籽，香气一缕一缕，原本想要当面跟他说声谢谢，但是在面对他的时候，我才发现任何的言语都无法表达心中的谢意。

放下书，走出他的办公室，拾起地上被风吹落的香樟树叶子，才发现它们中的大多数都已经被秋天染成了红色，那红绿交错的景致，像极了我们生命里绽放的花朵，既绚烂了秋天，也美丽了自己。

走近大山深处的坚守者

——探访高山上的小学

高山上的风景

今天的目的地是大山深处的三地六华，也就是传说中的高山上的小学。一路上听得最多的是蚂蟥，据说去年开学检查，“绵哥”下车捡路上的石头，那蚂蟥就顺着他的裤腿爬上去，直到吃饱了滚在鞋垫下面才找着！同行的孙姐告诉我，现在是春天，比较安全，要雨季天才是蚂蟥泛滥的季节。

初春的天气，山上的风景异常美丽，最惹眼的是那些高大的水冬瓜树，叶子已经长得很茂盛了，泛着嫩嫩的绿。路边的野香椿树已经发芽，枝条虽不多，却全都错落有致，叶子是天然的红绿交错，一簇一簇地顶在枝头，散发着淡淡的香气。山崖上的野樱桃树，没有叶子，全是花朵，一树一树的白，山崖上还有一种紫色的，长在细细的枝条上的小花，它们一朵挨着一朵，扯着紫色的喇叭口。山涧里的清泉，从山巅倾泻下来，顺着山里的沟沟箐箐汇集成河，哗哗地流淌，紫色的满天星，一圈一圈地点缀在草地上。快要到山顶的时候，我终于看到了传说中的杜鹃林，枝繁叶茂，郁郁葱葱，高的，矮的，大的，小的，一簇簇，一丛丛，开满了大大小小的杜鹃，白的，粉的，紫的，含苞的，待放的，像一只只展翅欲飞的杜鹃鸟，栖息在茂密的原始丛林之间。

热情的孙姐

同行的孙姐和我一样是个话篓子，一上车就质疑地看着我："小姑娘，山上那么冷，你穿裙子?"我赶紧告诉她我还带了其他衣服。两个话篓子一见如故，叽叽喳喳，先说各自的家庭和小时候的经历，再说新分的经适房该如何装修，然后又说到了路遥和他的《平凡世界》，还一起分享了最近很火的青春偶像剧《何以笙箫默》。孙姐是这一段险峻道路上的常客，据说一年要跑好几次，她对山上的每一条路，每一道河，每一座山，都很熟悉，有人喊她孙大队，也有人喊她孙所，我没有仔细去探究她的身份，在我心里她就是个热心又可爱的姐姐，我们可以手牵手，也可以勾肩搭背，可以一起肆无忌惮地开怀大笑，也可以在半醉半醒的时候拉着彼此的手说："我喜欢你。"白皙的皮肤，浅浅的鱼尾纹，朗朗的笑声，年轻的心态，再加上一丝不苟的工作态度，她依然有着年轻小姑娘无法匹敌的美。

阳光下的小学

六民乡中心小学是我们此行的第一站，我叫它阳光下的小学，因为我到这里的时候，学校的每一个角落都洒满了阳光。我原本以为它应该在山顶，是我要去的最艰苦的小学，结果到了那里我才知道，它坐落在半山腰的一个小山包上，四面都是山，隔壁是六民乡政府。由于受地理位置的限制，学校很小，是典型的袖珍小学，却处处透着点现代化的气息。校舍基本上都是新修过的，只有学生寝室、教师办公室还是砖木结构的小平房。

我们到的时候，学生们正在做课间操，做完之后，老师们就带着各班的学生自动围成一个圈，绕着小小的操场跑步，他们一起喊着口令，整齐的步伐踢踢踏踏。

在检查教学常规时，我惊奇地发现了一个叫李云的语文老师，她的备课本深深地吸引了我，我从她工整的字迹和精巧的课堂构思里看到了她全新的教学模式，她的认真和用心，激起了我强烈的好奇心，让我有了想听她上课的冲动。在后来的座谈中，我从校长那里了解到这个女老师的确很优秀，她的课曾经在县上获过奖，学生们都很喜欢上她的课。

我的心被深深地震撼着，一个正值青春年华的女大学生，能年复一年地坚守在这半山腰的民族小学也实属不易，她竟还能在物欲横流的今天，在如此艰苦的环境里用心地工作和生活，怎能不让人心生敬意？

离开的时候，我忍不住又回头看了一眼这所阳光下的民族小学……

英勇的马哥

马哥是我们乘坐这辆车的司机，标准的彝族人，头发微卷，皮肤黝黑，穿一件黑白条纹的T恤儿。据说他喜欢收藏石头，可惜我没有机会欣赏到他的宝贝，只是隐隐地觉得马哥是一个有故事的人。

山路又陡又险，弯弯曲曲，像一条又一条的小溪蜿蜒在山上，我是第一次上山，见什么都稀奇，凡是我没见过的，都要一一向马哥请教，马哥不厌其烦，一一为我解答。那些“V”字形的岔路和“U”字形的大转弯，每过一处都让人心惊肉跳，马哥小心地开着车，除了回答我的问题，他很少说话。我们沿着既定的路线，先到半山腰的六民乡中心小学，然后绕道山顶，从另一个方向下山到三地、六华。

从山顶下来的时候，大概是中午一点，我们在距离山顶不远的地方遇到了山路垮塌，一辆拉木头的农用车四仰八叉地躺在谷底，车上的木头滚得满山都是。有人在树枝上拴了红布，提醒过往的车辆注意。马哥停下车，在农用车翻下去的地方前后左右地看了许久，这里是一个陡坡，路面又窄，里面是高山，外面是悬崖，农用车翻下去的地方已经塌方，不知是谁在那里垫了两块石头，我们陷入了进退两难的境地。不知是谁递了一支烟给马哥，马哥默默地抽着（后来我才知道他戒烟已经很多年了）。马哥蹲下身子，前前后后地比画着车身和山路的宽窄，然后跳上车，双手紧握方向盘，一点一点地移动车轮。他不时地将头伸出窗外，仔细探看路况，终于车轮移到了最危险的地方，我看见马哥的额上渗出了细细的汗珠。我不敢说话，生怕惊扰了马哥，同行的人都站在车的前面，用手势告诉马哥车轮应该移动的方向，花了十来分钟，马哥才驾着车子到达安全的地方。和我们同行的还有一辆车，开车的是一个长着酒窝的小伙子，估计是第一次上山，没见过这阵势，他求救似的看着马哥，脸上的酒窝似乎早吓没了。马哥又向别人要了一支烟，然后走回去，慢慢地将他的车开过来。

原本以为，经历了这样的惊心动魄，我们便可以顺利地到达三地乡中心小学，可惜天不遂人愿，车子刚刚启动十来分钟，我们就又遇到了山体滑坡，山上垮下来的碎石和泥土把路堵得死死的。也许是经历了上一次的艰险，马哥不再愁眉苦脸，他直接就说："管他的，冲过去!"可是马哥的车子还没冲到顶端就熄火了，马哥跳下车和大家一起用手和木棍去刨那堆泥土和碎石。等刨得平一点了，马哥才又跳上车，汽车的轮子不断地打滑，男同胞们全都聚在车后面使劲地推，终于汽车在扬起的尘土和碎石中冲到了顶端。马哥把头探到窗外看了看，然后握紧方向盘，踩紧刹车，以飞机着陆的姿势俯冲下去，汽车终于稳稳地停在了安全地带。

这一场我生平第一次亲眼所见的汽车特技表演，惊出了我一身冷汗，我瞪着大大的眼睛盯着从车里走出来的马哥，马哥却依然笑着走回去，和先前一样驾着另一辆车继续演绎腾空与俯冲的汽车特技。

传说中的绅士校长

三地乡中心小学坐落在真正的大山腹地，四周除了山，就是狭小的天空，由于通往山外的交通极为不便，路途又太过于遥远，学校实行的是月假制度，也就是说这里的老师要一个月才能出山一次。

这里的校长叫李刚，据说他的妻子和孩子在另一个县，他已经在这里工作了很多年，并且还要一直坚守。一路上，他是孙姐话题的中心：喜欢穿黑色的皮风衣，有点像《上海滩》里的许文强。孙姐的话加重了我的好奇心，让我更加急不可待地想要见到这位大山深处的小学校长。但是很遗憾，我们去的时候，他恰好没有穿传说中的皮风衣，反倒穿了一身灰色的运动装，三十岁左右的年纪，方脸，平头，眼睛很大，闪着彝族人特有的深邃目光。他跑过来和孙姐握手，我忍不住笑起来："今天咋不穿皮风衣了？"他一下子就乐了："天气热了，穿不住咯！"

学校不大，校舍基本上都是砖木结构的小平房，教学大楼正在修建，学生食堂是用彩钢瓦临时搭建的，会议室里的布沙发已经有些破旧了，人一坐上去海绵就从里面露了出来。我们走进女生寝室的时候，有两个学前班的女生正把脸盆摞在一起，放在盆架上，稍微大一点的在扫地，叠被子，摆放洗漱用具。宿舍门口，有几个低年级的小同学正蹲在地上用冷水洗头，看见我们过来，她们就睁大眼睛盯着我们看，手上拿着的香皂也忘了抹在头发上。孙姐问她们冷不冷，她们似乎听不懂，叽叽呱呱地说着彝话，脸茫然地摇头，看见我笑，她们也跟着咯咯咯地笑起来，把头发上的水甩得到处都是。从宿舍出来，我直接进了四年级的教室，我在那里看到了李金银的作文，他写的是男生宿舍门口的雪松，他说那是他们学校唯一的名贵物种，是从山外面运来的，他在作文中写道："这些雪松排得整整齐齐的，像书上看到的圣诞树，它们笔直地生长着，像守卫祖国的兵人……我们会好好爱护它们，让它们快快长大，把我们的校园装扮得更加美丽。”他的文字深深地打动了我，从他工整的字迹里，我读懂了这个山里孩子对美好生活的向往。

在会议室里座谈的时候，李刚脸上阳光灿烂的笑容不见了，他有些无奈地说，这里的电根本就供应不上，网络也没有，师生就医都很困难。有一次下雨，他骑摩托车到镇上去开会，因为路太滑，拴上防滑链还摔了七八跤。

在检查教学常规时，我发现了一本非常精致的数学备课本，他的名字我没有记住，人我也没有见到，但是他备课本上用红笔标注出来的地方却深深地吸引了我。我一页一页地翻看着，备课本上的每一个字都写得很认真，每一个图形都画得很仔细，他通常会在教学目标那一栏，用红笔勾画出他认为很重要的地方，然后在下面写上“重点、难点”，或者单独罗列成行，用红笔写出这堂课的重难点。我还发现，他上完每一堂课，都会用红笔补上自己的心得体会和下一节课需要改进的地方。那些鲜艳的红深深地触动着我，我开始由衷地敬佩起这些在大山深处的坚守者。

大山深处的年轻人

我们到达六华乡中心小学的时候，已经是下午了，我没有注意看时间，估计是五点到六点之间，因为这里的光线已经很暗了。学校已经放学了，校门口一个人也没有，住校的孩子听见汽车的喇叭声，就一窝蜂地跑到校门口张望，他们叽叽呱呱地说着彝话，指着我们一个劲儿地笑。我本想拍下他们的样子，可是当我们从车里走出来的时候，他们却又笑着一哄而散，跑到我们看不见的地方玩耍去了。

这里的校舍是清一色的小瓦房，看起来有些旧，一共是四排，两边还有厢房，有点像四合院。据说明年就要修新校舍了，师生们充满着期待。

我们在这里吃了他们提前为我们准备的“盛宴”，一盆油汪汪的清炖鸡、两碗腊肉，还有一碗白水煮青菜（后来我才知道，新鲜蔬菜是这山上的宝贝，这里的老师和学生一年四季吃的基本上都是腊肉、酸菜和土豆）。坐在我旁边的是马晓福、马提和尔迪，他们都是近年通过特岗教师招考分配到这里的大学生，都是喜德人，都有着彝族人火一样的热情。我喝到了他们从家乡喜德带来的燕麦酒，因为投缘，彼此之间的话就多了起来。当他们知道我曾经在两所很偏远的村小代过课，还在街上摆过地摊时，我看见他们的眼里有泪花闪过。他们端起酒杯，要按彝族人的风俗认我做姐姐，我很感动，高高兴兴，照单全收，于是他们就一口一个姐姐，彼此之间的隔膜很快就消失得无影无踪。

我告诉他们，我从来没有因为我的代课经历感到过羞愧，因为它教会了我努力和坚守。我答应他们，一定会亲手送上我的散文集《有人送我一棵草》，也一定会让他们的名字出现在我的第二本书里，我看见他们有一小会儿的迷失，然后就开始为我的这个承诺激动不已，频频举杯，言语之间透着激动和喜悦。

临走的时候，天快要黑了，他们站在窗外一个劲儿地挥手，尔迪附在车窗前似乎在对我说着什么，我在心里默默地告诉自己：我一定还要再上一次三地、六华，我还要更真实地走近这些大山深处的坚守者。

第四辑

写在风中的心情

一缕阳光

窗外，阳光明媚，古树参天，银杏树刚开始吐绿，高挑的枝干，细细的叶子，透过阳光的缝隙，那些刚刚长起来的芽苞似乎也在浅浅地笑。

“嗨！香姐……”

办公室门口飘来一阵银铃般的笑声，蓝色的土布裙，粉色的花朵，长长的头发，那一抹我喜欢的民族风定格在视线里。闭了眼，静静地回想，有些朦胧，似流星划过天际，心里涌起暖暖的感动，原来春天就在我心里。

这就是巧玲，我的新同事，一个刚刚参加工作不久的年轻女孩子，每天似阳光般围绕在我左右。3 月，我们一起参加考试；4 月，我们一起进入新的单位。记得第一次考试她就坐在我旁边，环顾考场，全都是年轻的面孔，悄悄低下头，觉得自己有点不自量力。主考官开始点名了，当他们问到某某的时候，她似乎在帮忙解释，甜脆脆的声音吸引了我。在严肃的考场里，我忍不住偷窥，长长的头发，白净的皮肤，粉色的衣服，一脸不经意的笑，她似一只早春的雏燕栖息在我的世界。

报到的那天，她没有来，说是回老家了。我很好奇，没来的女孩会是谁。第二天下午，我正忙着到处租房子，快到八点的时候，爸爸的老朋友巫叔叔说他们帮我看好了一处，让我过去，心里一阵窃喜，街上的霓虹似乎也有了笑意。看过房子，告别叔叔和阿姨，一个人走在繁华的街道，突然很怀念乡下宁静的日子，很留念那些掺杂着青草气息的空气。

电话又响了，我知道新的考察又开始了，郁闷的情绪开始奔涌，我在心里狠狠地咧嘴。来到这个地方，听得最多的就是数据和酒，它们像汹涌澎湃的江水，将我喜欢的世界一点一点地冲走。每天我都会在心里祈祷："今天千万不要再拉我去练酒!"可惜唯物主义的世界，从来都不会有救赎的天使。

慌慌忙忙走进KTV，霓虹闪烁，人影晃动，觥筹交错，心中的忐忑逐渐加深，我知道自己并不适合这种场合，新的工作也并不适合我，但是退路已经没有了，只有硬着头皮往前走。我像个木偶人，跟在同事后面，大杯大杯地灌从来都没有喝过的啤酒，那味道我闻着像微辣的米泔水，切过的胆囊迅速开始反应，压痛感越来越强烈，那截仅存的胆管分泌出无尽的汁水，恶苦恶苦地往上涌……突然，我又看见了她，那个穿着红衣服的女孩子，原来我的新同事就是她。她飞快地跑过来，坐在我身边，像一阵风，清新爽洁，然后将一片切好的西瓜递给我，轻轻地说："姐，来吃这个，醒酒!"

音乐再次响起，巧玲的歌声悠悠地传来："风吹过，杠凝眉，一丝心痛酒一杯……离开哀怨心随风飞……"甜美的歌声在霓虹的幻影中闪烁。闭了眼，任由心涤荡在她为我营造的意境里，思绪随着歌声飘过田野……

接下来的几天，大家渐渐变得熟识了，她没事时总要到我们这边来晃荡，叽叽喳喳，笑笑闹闹，像一只春天里的报喜鸟。无论别人喊她做什么，她总是笑眯眯地应一声好，然后一路小跑，在灿烂的阳光里快乐地奔跑，任由裙摆在春天的风里肆意地飞扬。

窗外，阳光还在倾泻，窗台上也是满花盆的绿，隔壁操场上的银杏树还在阳光下绿绿地闪耀，巧玲的歌声还在耳畔回响，她的身影如阳光般为我点燃新的希望。

莫让“懒惰”侵蚀了美丽

去年夏天，一位帮我甚多的老人从外地来会理，我们邀他小聚。酒过三巡，他以长者的身份评判了在座的每一个人，褒贬不一，却给了我最多的赞誉——善良、纯净、真诚、聪颖。正当我沾沾自喜时，他却话锋一转：“不过，这两年长胖了，臃肿了，没有以前有灵气了!”

他掉光了门牙的嘴唇本来就有点瘪，说这句话时，我明显地感觉到唇角往下撇，眼睛不经意地斜视着我日渐发福的身体，我瞬间觉得自己遭受了莫大的嫌弃和侮辱，咬紧嘴唇，不发一语，默默祈祷他能领会我的尴尬，快点停止。

回到家，已是深夜，翻箱倒柜，找出那些尘封已久的白裙子，一件一件地努力往身上套，结果有的根本就穿不进去，有的成了“紧箍咒”，那一刻，唯有我自己知道心中的沮丧与懊恼。

追忆自己的成长，除了上高中时猛长过一头，手背上都能摁出窝来外，我都是只长高，不长壮，人称“麻秆形”。29岁那年，我做胆囊切除手术，有很长一段时间，因个体差异，我一直处于体弱多病的状态，母亲遍寻良方给我补充营养，其间还炖过一次胎盘，我稀里哗啦吃下去一大碗，也没见长胖。在这样的氛围中，我几乎忘记了年纪和发福这回事，闲暇时，总喜欢宅在家里，听音乐，看书，爬格子，耍毛线，自得其乐，累了就蜷在沙发上睡觉。165厘米的身高，48-54千克的体重，我在这个黄金比例中，美丽安逸地生活着。

30岁，35岁，40岁，日子就这样悄悄地溜走，中年不期而至，我的腰上长了赘肉，我不再穿紧身的衣服，那些曾经最爱的长裙子，被收入衣柜，束之高阁。有很长一段时间，休闲偏时尚款的运动服和夹克成为我的最爱，搭一条修身版的牛仔裤，把赘肉恰到好处地掩藏起来，对着镜子炫一圈，自我感觉时尚、干练。走出去，同事们也总是说："你真是命好，光吃不长。"便暗自庆幸，觉得可以一直靠这种掩耳盗铃的方式维持美丽。

后来，我换了工作，文秘工作的特殊性，决定了我必须长时间坐在电脑前，39岁换工作，和学校完全不一样的天地，我两眼一抹黑，比一年级的小学生还弱。巨大的工作和生活压力，让我几乎忘记了美丽是怎么回事，坚持锻炼成了一句空话，美容院、理发店离我越来越远。一年之后，我的身材急剧走样，齐腰部以下长得越来越粗壮，每次回学校，同事们都会问："你咋又长胖了！"我尴尬地笑笑，赶紧逃回家去。

在经历了老人审视的尴尬之后，我暗下决心，要坚持锻炼，减少进食量，为寻回好身材而战。我因此每天坚持早起，跑步，骑自行车，做仰卧起坐，吃很少的食物。在客厅里摆个电子秤，每天称无数次，眼睛像着了魔一样盯着表盘，巴不得一下子就瘦下来。三个月以后，我的体重终于又恢复到55kg，我只觉得像经历了两万五千里长征，精疲力竭，饥肠辘辘，我因此奖励自己一大锅热鸡汤，躺在沙发上睡了一整天。

接下来的日子，我的懒人生活又回到了"正轨"，好吃，贪睡，听歌，看书，爬格子，忙得不亦乐乎。几个月之后，有一天和朋友去逛街，想买条牛仔裤，结果试了一堆，镜中人就是不给力，水桶腰，大粗腿，穿上牛仔裤活脱脱就是两棵圆根萝卜。我皱皱眉头，怀疑店家给我照的是"哈哈镜"，一称体重62 kg，从此再也不敢穿牛仔裤。

我开始变得消极，像个怨妇，习惯性唉声叹气，说话高声大气，头发也不再定期做护理，许多好的习惯被我抛诸脑后。这样的状态大概持续了半年之久，有一次和曾经的老领导去吃饭，回来的路上，他小声提醒："你都长变形了，再不注意，以后怕见到都不认识了。"

我无奈地告诉他："四十岁的女人喝凉水都要长胖，自然规律我无法阻挡。"

他惊奇地看着我，然后狠狠地批评我："你这是在为自己的邋遢和懒惰找借口。一个女人，如果连自己的身材和容貌都不在乎了，谁还相信她会把工作做到尽善尽美！"我被噎得无语，瞬间猛醒。

接下来的日子，我又开启了艰辛的减肥之旅，坚持每天走路上下班（我们住在郊区，从家到单位，单程需35分钟），一天四趟，我坚持了一年，从未间断。第二年，因为担心走得太多会伤害膝关节，就在阳台上铺了紫色地毯，毛茸茸的那种，闲时窝在那里看书、织毛衣、敲键盘，累了就起来蹦高，有时看着电视也可以蹦几下，腰部的赘肉渐渐得到了控制。

我是天生的"肉食动物"和"瞌睡虫"，长期节食我是无法坚持的，尤其是晚餐，如果吃不饱，晚上根本无法入睡。为此，妈妈断了家里的猪油，只准我吃瘦肉，如果沾了酒，妈妈就会骂我，连续几天不让餐桌上有肉的影子。在妈妈的监督下，我的良好饮食习惯慢慢形成，每顿定量，不乱吃东西，不乱加餐，零食独有水果。

两年多过去了，我的体重时而上涨，时而下降，但是总体浮动不大，以前被搁置的格子裙、长风衣、牛仔裤又能穿了，那些惶恐、消极的情绪渐渐远离了我的生活，再照镜子时，脸上的笑容灿若朝阳。

女人如花，女人亦花。以己之容，养己之心。以己之美，悦他人之情。大千世界，茫茫人海，各有各的事，各有各的累，我们如一粒尘埃隐没其中，别人没有权利和义务忍受你的邋遢，更不是每个人都有一双慧眼，可以透过你邋遢的外表窥见你优秀的内心。尽最大所能经营好自己的容貌、身材和心情，这既是对自己的尊重，也是对世界的尊重，莫让“懒惰”侵蚀了美丽，每个女人都可以优雅地老去。

流年絮语

许久不曾写过心情小文，潜意识里嫌它太随性，没有多大意义，恐难登大雅之堂。今日闲来无事，端一杯白开水，静坐一隅，不知从哪里飘来的桂花香，竟唤起了我久违的思绪，想要轻击键盘，写一些随心、随性的文字。

这样的心境，特别像我在学校上课的时候。

那时，我的屋子很小，小得连墙总共只有 40 平方米，两室一厅，外带厨房和卫生间。客厅里摆着三个好小的沙发，都是粉白色的，有细细的绒毛，我给它们配了白底红藤的沙发巾，中间放一张草绿色的圆形玻璃小桌子，桌子下面堆着十字绣、毛线和杂志。窗帘是我最迷恋的浅紫色，有风的日子，轻纱曼舞，把屋子笼成一片朦胧的紫。

每天上完课，总喜欢斜靠在沙发上，看一下电视，要一下毛线，或读一本杂志。有时迷迷糊糊地就睡着了，会做一连串的梦，或奇异，或浪漫，或惊恐，那些竹林，那些湖水，那些山崖，都似曾相识，却又怎么也想不起。模模糊糊间，觉得自己正在忙碌，或备课，或上课，或批改作业，或给女儿准备吃食，突然惊醒，才发现什么也没做，就那样慵懒地躺了很久。有时忘记了做饭，想到女儿要放学了，吓得一激灵翻起来，带着蒙眬的睡意，离开那一片紫，将自己完全丢弃在烟熏火燎的小厨房里。

黄昏的时候，喜欢静坐窗前，一杯清茶，一袭长裙，一台旧电脑，习惯性地打开一个文档，有一下没一下地敲着。时不时瞄一眼窗外，看到有人大步流星地经过，会突然萌生戏谑的冲动，伸出手指对着他们的背影比画几下，或在玻璃窗上写几个字。他们若看见，就会走过来，伏在窗前，和我闲聊一会儿。窗外的桂花树入夏就开放了，一片一片的白，香气似俏皮的小孩子，侧身挤过窗隙，弥散在浅紫色的空气里。

晚上十一点以后，一天的工作画上句号，妈妈和女儿早已熟睡，学生们不会再来搅扰，时光就这样完完全全地属于我了。倒一杯白开水，放一曲《云水禅心》的古筝名曲，把音量调到最低，键盘噼噼啪啪地响起，一串串文字划过指尖，密密麻麻地栖息在文档里。新来的狗狗蜷缩在脚边，熟熟地睡着，雪白的毛，粉粉嫩嫩的嘴，还有一双滴溜溜转的大眼睛半睁半闭，偶尔发出一两声咕噜咕噜的细碎声响。手机嗡嗡地振动了，心里一惊，该不会是宿舍里的孩子又有什么事了吧，手忙脚乱地划过屏幕，看一下，什么事也没有，心的褶皱便彻底地铺平了，呷一口玻璃杯里的白开水，凉凉的，甜甜的，心静得像三月的湖水。

那些日子，时光安静、淡然，不太爱交际，稍稍有点孤僻，情绪却很少浮躁，每天围着妈妈，围着孩子，围着三尺讲台，闲时看看书，敲敲键盘，过着自己喜欢的小日子，没有太多的尘世纷扰，连电话都很少。我的第一本集子——《有人送我一棵草》就这样诞生了，那些零零散散的文字，称不上作品，却自有一股清新灵动的力量浸润在油墨的清香里。闲暇时，翻出来再读一读，很快就会沉浸在那些或忧伤或喜悦的情感里，这样的文字，我想以后都不会再有了。

离开两年零三个月，那间小屋，那棵桂花树，还有那浅紫色的帘子，时常会出现在梦里。每次回去，总喜欢绕到那里去看看，想要敲门，想要在那小屋里再坐一会儿，却终因有了种种顾虑，毅然垂下欲敲门的手，只在那越开越繁的桂花树下静静地站一会儿，让心重回它的领地，隔窗休憩片刻。

我与书有一场美丽的相遇

那是秋天吧，一个人到陌生的城市参加培训，因为没有同伴，加之“路痴”的毛病，上完课就只能待在宾馆里看电视。风飒飒地吹着，金黄的银杏叶飘得满大街都是，实在无聊，就想出去找个书吧坐坐。七弯八绕，终于在街角与《心灵鸡汤》有了一场美丽的相遇。

那一瞬间的感觉至今依然记得：眼前一亮，如获至宝！

翻开书页，找一个靠窗的位置，静静地阅读。那些简短、精练的语言，那些满含哲理的小故事，读起来一点也不费神，三个小时，我竟然将它翻了个大概。300 个故事，300 种寻找快乐的方法，300 句满含哲理的话，伴着油墨的清香，在夕阳的余晖里，潜入心底。

合上书页，抿一口玫瑰花茶，任墨香和花香一起在心底游离，感觉心灵无比丰盈，犹如被鸡汤滋养过的胃，透着暖暖的香气。

深深地吸一口气，反复琢磨刚刚读到的故事，将喜欢的句子抄在小本子上，不知不觉，竟已抄了一大本。

天色渐渐暗下来，书吧里亮起了灯，坐在我旁边的老人往我这边挪了挪：“心灵鸡汤，就是指含有知识、智慧和温暖的话语吗？”

我没有回答，心里有一丝怨气，我不喜欢读书的时候有人打扰。

“你的茶凉了，我给你换一杯吧。”

我停下手中的笔，把目光从本子上移开，我不忍心拒绝，接过他递过来的绿茶，微微地笑了一下，并道了声“谢谢”。他拿过我面前的本子，反反复复地翻着，仔细地看着，不住地点头，然后用手机一页一页地拍下来。

“你写在首页的这句话很有意思，耐人寻味。”

我接过本子，翻到首页，原来是刚刚抄上去的“路，不通时，选择拐弯；心，不快时，选择看淡；情，渐远时，选择随缘”。

他抬手看看表，起身要走，临到门口，又回过头来对我说：“你的读书笔记我会给女儿看。明天，她就 20 岁了，我会告诉她读书的女人最美。”

驮着一大摞书重回校园，闲来无事，还是喜欢读书，读到有意义的故事就讲给学生听，和他们一起分享智者的话，一起畅谈故事中的人生。多年以后，他们长大了，在外面闯荡，我也离开了讲台，从事着和以前完全不同的工作，偶尔相聚，他们会冷不丁提起我当年讲的故事，或背出我让他们摘抄的《心灵鸡汤》经典语录，心里涌起满满的幸福。

书，让我的人生变得丰盈，让我这个普通人，在岁月的长河里多了一分豁达的美丽，让我拥有了那么多孩子永恒不变的爱意。

今天，一时兴起，牺牲一个中午，煲一碗“心灵鸡汤”与大家分享，愿这部启迪心灵的励志经典，能帮助更多的人滋养心灵，按摩情绪，获取幸福的心灵密码。

秋蝉私语

我是一只隐匿在大山深处的蝉，我在土里苦苦挣扎了 17 年，土里的世界异常阴冷黑暗 ，见不到阳光，呼吸不到新鲜空气，嗅不到花香……我拼命地刺吸树根里的汁液，苦的，甜的，酸的，辣的，全都尝遍。我在黑暗的世界里寻找着，蠕动着，探索着，小小的身体柔软得像白色的蜂蛹，坚硬的泥土刺痛着我。

我用开掘前足敲击泥土，用柔软的身体碰撞泥土，用没有牙齿的嘴啃咬泥土，17 年，6205 个日夜，小小的蝉儿从来不曾停息……

我苦苦地熬着，拼命地钻啃着，终于有一天，我钻出了泥土！

太阳炽热地挂在天边，我慢慢地挪动身体，爬到树上，抓紧树皮，迫不及待地把头伸出来，紧接着露出绿色的身体和褶皱的翅膀。停留了片刻，我的翅膀变硬了，颜色变深了，我居然飞起来了，我激动得“唧”地发出一声尖叫，原来我可以以这种方式证明自己的存在。我鼓起腹部的发音器，振动鼓状膜，发出一连串的鸣叫，“唧唧唧唧唧……”山谷里回荡着我的声音，空气里弥漫着我的气息，我从这棵树飞到那棵树，从这片山坡飞到那片山坡……

天空是清澈如洗的蔚蓝，云像棉花团一样柔软洁白地飘浮在墨绿色的山巅，那些不知从何处溢出的山泉，在陡峭的山崖上连成一根又一根的银线。我飞得有些累了，就栖息在松林里，紧紧地抓住树干，一个劲儿地欢鸣，头上的松枝嘎吱嘎吱地响着，风凉凉地吹着，太阳清清亮亮地从树叶的缝隙里照下来。放羊的阿婆领着小孙女，赶着羊群，在绿草茵茵的松林里穿行，小女孩采了一朵黄色的花捏在手里，她的白裙子真美！我忍不住唧唧唧地欢鸣。女孩发现了我，她大声叫着："知了，知了，我要捉住你！"这可吓坏了我，小小的蝉儿扇动翅膀离开了树干，女孩笑嘻嘻地拿着树枝追来，我在她的头顶反反复复地盘旋，不高不低，不远不近，她的羊角辫在风里飞扬。黄昏的时候，女孩追累了，随着阿婆赶着羊群，回家了。

夜，如此静谧，天空布满了星斗，月亮悄悄隐去了身影。我伸出针刺口器猛地一戳，甜蜜的树汁就源源不断地流进我的胃里，我贪婪地吮吸着，从这棵树移到那棵树，我忍不住又发出一连串唧唧唧的欢鸣，那声音尖厉而刺耳，但在我听来却异常优美。我只闭目养了一会儿神，就又开始寻觅，因为我知道我只能在这世间存活三个月，我要用这短短的时间，看遍山川美景，做尽所有我想做的事情。

天气渐渐转凉，枫树的叶子开始红遍山野，我的声音越来越微弱，翅膀开始变得又脆又薄，我终于懂得了人们常说的那个成语——"薄如蝉翼"。我不能再四处飞翔，只能每天懒懒地栖息在向阳的灌木丛里，让阳光暖暖地照着我。我努力扇动翅膀，却没有力量飞翔，我只能贴着地面，连飞带爬，从这一丛到那一丛，我拼命地寻找可以吸食树汁的灌木丛，用微弱的低鸣证明自己还活着。

秋意渐渐浓起来，树叶由绿变黄，飘飘落落，我再也没有力气吸出树干里的汁液。我的同伴相继死去，那些大大小小的蚂蚁从洞里爬出来，相互碰撞着触角，爬上树干，爬上死蝉的躯体，振臂一呼，唤来几十上百个同胞，把死蝉搬回家，然后在洞里欢呼着撕裂它，分食它。

我拼命地挪动身体，用尽所有的力气振动鼓状膜，"唧……唧……唧……唧……唧……"断断续续，微微弱弱。

夕阳一点一点地滑向天边，我听见有人在低低地吟诵：“夏天已逝，我该走了。赶秋风。”我用尽最后一点力气发出“唧”的一声低鸣，滚落草丛，静待下一个生命的轮回。

诗意笔触

窗外，月光如水，白玉兰含羞低语，书桌上的台历静悄悄的，一动也不动，轻轻地将它翻过去……此刻，意识如梦一般纯净。

滚动手里的鼠标，习惯性地在“淘宝”搜寻我喜欢的时装品牌——笔触，记不清楚是从何时开始关注的，但是我知道我喜欢“笔触”这个名字，喜欢阿元充满灵气的设计，喜欢那些飘逸的长裙里流淌出的诗意。

第一次看见阿元的作品，就喜欢那些长裙，因为它们充满了艺术的灵性美。那些美丽的裙子随着鼠标的滚动，一一从我的眼前飘过，犹如那些美丽的女子跃出屏幕，牵引着我的思绪，越过高楼林立的城市，徜徉在温婉细腻的水乡，漫步在夕阳下的沙滩，徘徊在静谧美丽的乡间……

在阿元的作品里，你会不由自主地去怀想，怀想那些年华静好的岁月，感知生命的花开花落，不经意间就会忆起那座古旧的索桥，悲的，喜的，全都晃动在那长长的铁索上。突然就很想再去看看索桥，再去夜晚花开放的地方，找一找那本曾经不慎遗失的世界名著。

当歌声再次响起时，阿元已经设计了新的作品，那飘飘的纱，让人心动，阿元用飘逸的纱营造了朦胧的诗意。仔细回想，自己的成长，似乎只在一瞬间，在风里、雨里，悄悄地就长大了，那些花开，那些日落，那些美好清澈的时光，全都融合在阿元精心设计的作品里。

窗外，不知什么时候飘起了雨，细细的，密密的，敲打着玻璃，发出沙沙的声响，似有一只知更鸟叽叽喳喳地叫着，从梦中飞来，栖息在窗棂，幻化成我年轻时的模样，穿着“笔触”的裙子，在月光下慢慢地走远……

夕游心情

天上的云彩从山间飘过，你的心情掠过山涧翠绿的松柏，渗入我的心脏。就这么静静地坐着，默默地听你说话，突然觉得就这样坐着其实也挺好，踏实，宁静。

那边有两只鸟儿，一前一后地飞来，静静地栖息在路边的松林里，走过了，才发现它们黑白交错的羽毛，红红的喙，在阳光下美丽无比。

安静的时候，心的律动会演变成最动听的音乐，无论是你，还是我，都有自己的心曲，它会在安静的时候悄悄地响起。不知道你放了什么曲子，让我在那一瞬间迷失了自己。你的声音还是那样，一会儿高，一会儿低，像为那不知名的曲子作的词，这才发现原来你也是一个诗人，平淡的生活里还隐藏着许多诗意。

蝴蝶，花丛里竟然有蝴蝶，成群的，一前一后，在花丛里飞舞，有一个很小的瞬间我看得呆了，竟然忘记了你在说什么，因为那蝴蝶实在是很美。

这才想起来，5 月快完了，今年压根儿就忘记了提醒你结婚的日子，也忘了赖着你要个小礼物，或是一句暖心的话语。17 年就这样过了，感谢你愿意容忍我所有的任性和怪癖，每天黄昏，陪着我在茫茫山野里游离。

在暮色苍茫里，与一棵树相携相依……我说。

你停止了歌唱，把我从树上拽下来：“傻得可以，收拾心情回家了……”

执子之手，与子偕老

寒流将至，天气异常寒冷，和朋友手挽着手走过街口，一对行乞的夫妻在不经意间闯入我的视野。

妻子穿一件黑色的棉袄，抱着手站在风中，身材矮小，微胖，三十岁左右的年纪，她不时吸吸鼻子，跺跺脚，把双手交叉着揣在袖筒里。丈夫闭着眼睛，躺在担架里，身上裹着一床有点旧的被子，“右脚”露在外面，齐踝关节以下被彻底截掉了，伤口刚开始愈合，还泛着微微的红。

地上有一张纸，不大，我大概瞟了一眼，似乎是她的丈夫得了某种疾病，病情恶化，累及全身各个关节和器官。他们没有像其他行乞的人一样，做一块图文并茂的展板放在身后，或者在面前铺一块几米长的布来介绍自己的惨痛经历，他们也没有用录音机播放悲怆的音乐，他们就这样一个站着，一个躺着，丈夫没有呻吟，妻子也没有问候。风很大，妻子弯下腰帮丈夫拉了拉被子，还喂他喝了口水。

他们的面前站着一个小女孩，扎着红色的蝴蝶结，穿着白色的毛绒裙子，她偏着头看着地上的纸，似乎看懂了，又似乎没有，她绕着担架转了一圈，用手摸了摸那只被截去脚掌的腿，然后直起身子，摸出几张1元、5角不等的钞票，放在他们面前的小盆里。妻子弯下腰，拾起纸币，向女孩深深地鞠了一躬，女孩似乎被吓到了，转身就跑。有两个城里的老婆婆从他们身边经过，不住地回头张望，挤眉弄眼地说着“小心骗子”之类的话。我看见妻子的手微微地抖了一下，一颗大大的泪珠落在水泥地上，她俯在丈夫耳边告诉他：“又筹到3元5角！”

拉着朋友走过去，掏出兜里所有的零钱放在小盆里，妻子再次弯腰拾起，她要给我们鞠躬，我赶紧向她摇头，告诉她：16年前，我的丈夫也曾因为车祸差点被截肢……她的丈夫微微睁开眼，从被子里伸出一只手，夫妻俩的手紧紧地握在一起。

天空飘起了小雨，凉飕飕的，妻子将丈夫的手放回被子里，然后为他撑了一把蓝底白花的伞。又有几个路人走来，他们看了看这对沉默的夫妻，脸上的表情异常复杂，有的给了他们一些零钱，有的依然说着“骗子”之类的话。她没有解释，也没有诉苦，默默地为她的丈夫撑着伞，并一一给那些帮助她的人鞠躬。

下午下班的时候，特意绕道经过街口，他们还在那里，一个站着，一个躺着，面前的小盆子里时不时会有路人施舍的纸币……

我原本是一个不相信爱情永恒的人，但是在这个冬天，这对陌生的夫妻却让我相信了“死生契阔，与子成说；执子之手，与子偕老”的美丽传说。

回想街口的那一对夫妻，他们不一定知道这个传说，但是他们的爱情却透着凄凉的美，那份勇气，那份执着，足以铸就爱的完美。

在这个街口每天都有人在行乞、募捐，有的是残疾人为了自己，有的是父母、兄弟为了亲情，也有的是为了骗钱谋生，却从来不曾看见一个妻子，或是一个丈夫，甘愿为了奄奄一息的爱人，放下尊严，默默行乞。原来爱情并不需要轰轰烈烈，只需要执着一生的平凡坚守！

人到中年

沧海桑田世事变迁，离愁别绪萦绕心间，繁华依旧，只是那些花开花落的岁月早已落下帷幕。那么多的风风雨雨，那么多的季节更替，无数次徘徊在童年走过的田野，无数次忆起曾经的日子，蓦然回首，不知不觉已到中年。

《人到中年》，这是一部电影的名字，以前看的时候觉得它与自己无关，离自己很遥远，可惜一眨眼中年已如期而至。对着镜子，很想再像曾经一样扬起肆意的酒窝开怀一笑，却再也不能够，笑容早已被岁月磨砺得如秋日的阳光一般沉重。一天又一天，一年又一年，看着一拨又一拨的年轻人涌进校园，和我们一起工作，一起生活。岁月将他们从天真烂漫的孩子变得如我一般的老成持重，他们头上也有了白头发，像我一样，我反倒有了“静观花开花落，闲看云卷云舒”的闲情逸致。

人到中年，我不由自主地又念出这四个字，稍稍地感觉到了沉重，看着那些新分来的小孩子，满脸洋溢着青春的笑容，言语间流露出满满的优越。看着她们如花的笑靥，就会想到曾经的自己，原来年轻真的就是资本，青春的美丽真的无与伦比。

“蓦然回首，那人却在灯火阑珊处”，可惜那一瞬间的忧伤与喜悦早已不再是我所向往的梦境，人生的每一个季节都有属于自己的美丽，如歌的生命，如水的人生，在似水的年华里，一切都在随着时间的推移慢慢褪色。人到中年，阅历丰盈了人生的土地，责任鲜活了我们的生命，尽览一路风光，收获一身成熟与稳重，虽然我们不再年轻，却依然无比美丽。

静夜里，无人搅扰，银杏叶在风里飘零，已是深秋，丝丝凉意，反倒惹起我心头的那份惬意。想起曾经有个姐姐的网名“寂寞深秋”，才发现所有的中年人其实都有过脆弱，只是生活的压力不容我们有丝毫喘息的机会。父母的健康，孩子的快乐，家庭的和睦成了我们生活的全部。生活的阅历让我们懂得了思考，学会了放手，有时真的厌倦了爱恨情仇，厌倦了再和别人纠扯感情的事情，不想人生再有什么变故，只想一直就这样老去。

人到中年，真的很累，需要理解，需要抚慰，却每天都因为忙碌而忘记了自己。每时每刻都提醒自己，要一步一个脚印，脚踏实地。人到中年，唯愿亲爱的自己能够勇敢面对。

静默浅淡书香

“静默浅淡书香，素守流年”，是我从网络散文中截取的一句话。最初恋上它，是因为张爱玲，因为那时正如痴痴醉地读她的《金锁记》和《半生缘》，后来又迷上了她的《倾城之恋》，自然也就知道了她和胡兰成结婚之时，他们的婚书上有“愿使岁月静好，现世安稳”的句子。作品中七巧的疯狂变态，长安的逆来顺受，流苏的颠沛流离，曼桢与世均爱的无果，都曾引起我无尽的伤感。于是便有了“在安静平淡的时光里，任山川安然，年华静走，做一个淡然素净的女子”这样的念想。

翻开书桌上刚刚淘到的《中国后妃全传》，一个故事一个故事地读：妇好、褒姒、西施、窦涟房、赵飞燕、卫子夫……甚至后来的一代女皇武则天，她们都曾芳华绝代，都曾在滚滚的历史的长河中如浪花般存在过，她们或玩弄权术，或孤芳自赏，或狐媚君王，或为了某种信念执着追求……用心品读她们的故事，尽情徜徉在历史的浩瀚海洋，她们姣好的面容，婀娜的身姿一一从我的眼前掠过，我似乎看见她们正莲步轻移地向我走来，飘飞的裙裾，优雅的神情，时而浅笑嫣然，时而又瞋目怒视……习惯性地用笔在书页上勾画出她们一生的精华，或是留给后人的思索，还有那些关于“东施效颦”“倾国倾城”“四大妖姬”“四大美人”的传说。

合上书页，心情久久不能平静，脑海里始终有一个挥之不去的身影——妇好，商王武丁的妻子，中国历史上有据可查的第一位女军事家和政治家，后人尊称她为“母辛”“后母辛”。她不仅能够率领军队东征西讨，为商朝拓展疆土立下汗马功劳，而且还主持着各种祭祀活动，是商王武丁一生的挚爱和情感依托。妇好三十余岁去世，武丁十分悲痛，将她下葬在自己处理军政大事的宫室旁边，日夜守候。妇好去世多年，武丁仍然对她念念不忘，虽然按照国家制度，先后又册立了两位新王后，却对她们视若无睹，眼前心底，只有妇好一人。商代人迷信鬼神，崇尚天命，武丁对妇好的感情极为特殊，也许是相爱至深，也许是相敬如宾，他对于妇好的离去总是难以释怀。于是，这位开明的君主就开始为爱妻操持冥婚，把妇好许配给去世已久的贤王，大概他认为，这些死去的祖先会在阴世保护他的妻子，抑或是他认为，妇好的杰出完全可以与伟大的帝王相提并论。

金色三月，阳光明媚，远处的油菜花一片一片地在风里蔓延，我的思绪还沉浸在商王武丁和妇好的故事里，原来有才有貌、有人呵护的女子，才是这世间最幸福的女子。透过历史苍凉厚重的本真，我似乎看见武丁与妇好正并肩征战，他们在广阔的原野上驰骋，在莹莹的烛光里夜谈，在巴方的草丛里打“伏击战”……我难以想象妇好在弥留之际，对夫君的依恋，我更不忍心去想象，在妇好去世的二十余年里，武丁形只影单，孤灯苦影，陪伴在亡妻墓穴旁的寂寞与痛楚……

忍不住又翻了一遍张爱玲的《金锁记》和《半生缘》，反复揣摩她和胡兰成结婚之时，他们婚书上“愿使岁月静好，现世安稳”的句子。张爱玲在用心创作这些人物时，一定经历了什么，或者看到了什么，七巧因爱生恨的疯狂，曼桢与世均爱的无果，《倾城之恋》里流苏与范柳源爱得若即若离，或许都曾经让她心痛不已，她的心里也许早就有了“在安静平淡的时光里，任山川安然，年华静走，做一个淡然素净的女子”这样的心境。

放下作品，倒一杯清凉的白开水，静坐一隅，突然想到昨天在微信朋友圈里看到的那个题为“女人，趁年轻对自己好一点”的链接，链接中的女子深深地震慑了我，她拄着拐杖，佝偻着背，脸上的皱纹深得像山谷里的沟壑，尽管她梳着时尚的发型，穿着艳丽的衣服，也终究难掩浮华散尽后的凄凉与落寞。我的脑海里瞬间闪过这样的念头——终有一天我也会变成像她一样的老婆婆，满头白发，满脸皱纹，拄着拐杖，戴着老花镜……我在窗前驻足良久，一再告诫自己，人生短暂，以后的日子切不可再懒惰，多读书，多锻炼，多创作……QQ 对话框里弹出老师发来的消息“保持美的容颜，美的心态，创作美的文字”，原来这就是帮我甚多的老师对我最大的期待。

静默浅淡书香，素守流年，在今后的日子里，愿守住那“兰心”，那“蕙质”。

一杯红酒

最近，有一种非常糟糕的情绪揪扯着我，常常会莫名其妙地恐慌，患得患失，明明睡意蒙眬，一沾床却睡意全无，那些似传奇一样的梦境扰得我心神不宁。昨天应朋友之邀，喝了点红酒，竟然睡得很沉，梦里似乎也嗅到了酒香。

今天家里来了三个小客人，表妹玲儿和两个侄儿。大侄儿读大二，土木工程，年少轻狂，自负、自傲；小侄儿中考失意，今天来报名，少了往日的自信与调皮，反倒显得拘束；玲儿读的川师大，毕业后就业之路坎坷不平，初入社会的残酷与惶恐，磨去了她的自信与棱角。明天即将公布的公招考试成绩让她焦躁不安，适逢又和男朋友闹了点矛盾，心情自然不会好。

吃完饭，和玲儿静静地坐着，听她讲她的恋爱，唠叨她的小男朋友，说就业的烦恼。看她拿起电话又放下，不停地问："姐，怎么办？分了还是继续？"我听着，看着，心里竟然涌起一种酸楚，对于感情我是彻头彻尾的失败者，从来都是在一堆乱麻中求生活，我有什么资格给别人参谋？看她不停地眨眼，把快要涌出来的泪水忍回去，我的心里充满怜惜，只说了一句："一切随心吧，如果他真的爱你，他会哄你！"

夜幕降临，玲儿幽幽地坐着，说过，笑过，哭过，她似乎释怀了一些。突然想起红酒的醇香，拿来玻璃杯，把两个小侄儿也拉来一起，四个人，一瓶红酒，一窗风景，屏神凝息，静静品味。领着三个孩子，放下所有杂事，心无旁骛，用唇舌轻咂，用心神品尝，用心灵体会缥缈于红酒中的生命，用意念和酒中的精魂对话，所有的烦恼任红酒去倾诉，笑声渐渐在屋里响起，艳丽的玫瑰色浸润在空气里。

突然想说“红酒如人，红酒如诗，红酒如歌”，一段人生，一杯红酒，不是为了附庸风雅，不是为了追赶时髦，只是单纯的喜欢，喜欢将自己迷醉在红酒的醇香里，任那艳丽的玫瑰色掠过我生命的每一天。

爱情不是童话

很久以前，我一直认为爱情就是一座塔，古旧、浪漫，经得起岁月的洗礼。在我的记忆里，几乎每一座塔的顶上都有一棵树，根须从塔的缝隙里穿过，将整座塔紧紧地缠绕，像人类千丝万缕的情愫。

那时候，我觉得塔和树是这世间最完美的恋人，他们可以一生相依相偎，不离不弃，在静静的夜里，似乎还有风为他们传达出的山盟海誓。

那年，我去了凤凰，走在古旧的街道上，鞋跟随着人群发出细碎的声响，偷空避开人群，悄悄地在角落里寻找古塔，那是我从易允武《塔上的树》里读到的。它就在街角，进到塔里，所有的一切都和他描述的一样，只是塔里竟然有人，佝偻的背，花白的发，满脸的皱纹，空旷的塔里不时传来鸟儿振翅的声音。他用苍老的声音向我讲述塔的经历，蹒跚地引我顺着满是青苔的盘道来到塔顶，古树枝繁叶茂，鸟雀欢鸣低吟，树下满是鸟雀栖息的痕迹，鸟粪滋养了大树，大树为鸟儿们提供了阴凉的栖息地，短短十分钟的停留，让我有了一瞬间的迷失。

回望这一生自己走过的路，不算长，但总是磕磕碰碰，跌跌撞撞，平淡却很真实。一路走来，从来没有认真审视过自己的情感，偶尔想起来，便会觉得有些迷茫，有些害怕，害怕那种心痛的感觉，害怕再受一次伤害，于是便迅速地逃开，用忙碌将自己深深地掩埋。

回想很多年前那一场所谓的初恋，心痛的感觉依然还在，但是细细想来，值得回忆的东西真的很少，他在我的心里只留下了一个印象，也许那只是一场懵懂的玩笑，只是看着貌似恋爱。十六年后的所谓真相，在我看来很幼稚，印证了当年的猜测，竟然让人有些不敢相信，原来我一直像宝贝一样捧在手心里的，只不过是一个肥皂泡。唉，可惜了那些年华静好的岁月，可惜了我的那些眼泪，竟然可以为了他一直流。难怪老苏要写信来骂："你连心动的感觉都没有，谈的是哪门子恋爱！你的眼泪完全是因为面子，你个糊涂蛋！"

十几年后，再次回想，心情就像理顺当年被自己弄乱的毛线一样平淡。原来我一直放不下的是他欠我一个解释，我欠他一个表白，他一直记着我，那是因为我是他最初的一个梦，这梦也许能让他疲惫的心在喧嚣的尘世里得到一点点的安慰。老苏，这个自封的哲学家，竟然是正确的。

说起老苏，心里涌起无尽的伤感，这是一个曾经说要去做和尚，最后却死于车祸的人。我们本是最好的朋友，后来却因为一段小小的插曲而疏远，老死不相往来。今天突然很想为他写下一段文字，算是对他最深的怀念吧。

那年，我读高二，老苏是东哥、老杨和哥哥共同的朋友，我们因此也成了朋友。刚认识的时候，他对我是有敌意的，他见不惯东哥和老杨像宠公主一样护着我，更见不得哥哥对我唯命是从的样子，他总说我在他的兄弟中间游离，终有一天会害他们兄弟不和。高三那年，他对我整天沉迷于名著，却做不出数学题的愚蠢行为提出严厉批评，还说文科生只会读死书，将来没出息。他对文科生的不屑一顾，激起了我的愤怒，我们的矛盾迅速转化为文科生与理科生之间的拉锯战，只要遇到，必定会有一场精彩的辩论。

连续几次败下阵来，他气势汹汹地买了一大堆中外名著，还订了

《演讲与口才》，要和我比赛读书，争取胜利。高中毕业，他在我的留言本上写下一段话：“从今天开始，我宣布投降。因为我终于发现你是一个善良的人，你其实无心害人，尤其是感情，你有那个资本，但是你不会。至于辩论，我永远不是你的对手，因为只要你每天从那些老古董作家身上学到一点，日积月累，我就会被你甩出很远！”

大一的冬天，我们学校放彝族年假，我发疯似的要学三毛去流浪。一个“路痴”，从未出过远门，背个包包，拿瓶矿泉水，放学就直奔火车站。一路上晕车，也辨不清方向，第二天凌晨两点，瞎摸乱撞找到哥哥所在的学校——重庆师范学院。门卫室里，哥哥喜忧参半，惊得目瞪口呆，他打电话给老苏，叫他明天早点起来，有惊喜出现。第二天清晨，老苏站在校门口等我们，他似乎并不惊奇，只是指着我的鼻子说：“被人贩子拐走了，你就安逸了！”一个星期的重庆游，很过瘾，却花光了他们所有的生活费，据说老苏为此当了很久的“叫花子”。

回来的时候，还是半夜的火车，我们几个一直在重庆大桥上溜达，老苏把哥哥给我买的玩具狗扛在肩膀上，任由音乐一个劲儿地响，我们像一群流浪汉，走过去又走过来。火车启动了，老苏在站台上拼命地挥手，我却听不见他在说什么。

我回来了，老苏却“疯”了，他每天都要寄信过来，有时候一天一封，有时候一天几封，有的写完了，有的还没有完。我不敢回信，我不知道要说什么，我太害怕失去这个朋友，太害怕伤害我们之间的友情。

有一天晚上，天气很冷，门卫室的小王突然跑来喊我接电话，电话通了，他只叫了我一声就哭了。我在这头哈哈大笑，他在那头大吼：“不准笑！我都排了一晚上的队，跑了好多个电话亭了……”沉默，彼此对着电话的沉默，就像死一般的可怕。后来，我终于告诉他，我不想谈恋爱，因为他长得不够帅。

收到他的最后一封信是大学毕业以后，他说等他父母去世以后他就去做和尚，因为他把自己伤了。他是家中独子，又是孝子，我觉得他不会那么冲动，就没有在意！最终我们断了联系，不再往来，曾经的好朋友成了陌路。

应该是2002年吧，那一天，我正在给女儿冲奶粉，老杨突然来找我，他说老苏出车祸了，被撞得血肉横飞，东哥让我们俩一起去。那一刻，我不知道自己是什么心情，总之我无法面对，我找了个借口，没有和他一起去。老苏的墓就在城郊，但是我一次也没有去过，是因为内疚，还是因为恐惧，我自己也说不清楚，总之我无法面对，我害怕那衰草会模糊我的眼睛。

后来，有人交给我一样东西，是老苏当年寄给我的一套小日历，背景是香港回归时重庆鹅岭公园门口的菊花工艺，他从元旦节开始寄，每月一张，从未间断，连续寄了十二个月，背面满满的全是祝福，后来他发狠向我要了回去。

古塔、树和鸟，看似简单的三个物体的组合，却蕴含着无尽的哲理，我不知道它们要怎样组合才完美，但是我知道他们定会真心相对，慎重选择自己的人生。

茶香清韵

思念如水随风。今天清晨我醒来时想到这句话，心情变得无比失落，从来没有想过，我的思念竟会这般深了。

这个清晨，我的思绪一如那山间的泉水，明净、清澈，缓缓地从心间流过，于是我的心湖便泛起了层层涟漪，那涟漪一圈一圈地荡漾开去，想要抑制，想要拉回，却怎么也不能够。窗外的花似乎开了，在暖暖的阳光里，我仿佛嗅到了花的香味。

我泡了一杯绿茶。虽然我不懂茶道，也品不出它最美的味道，但是我喜欢看茶叶在清澈的水里漂荡，把水染成绿色，然后在茶叶的清香里寻找那一缕我喜欢的味道。通常，我不会放太多，只要几片就好，这样泡茶像在酝酿一段美丽的爱情。茶叶放太多了，会觉得嘈杂，仿佛纯净的爱情染上世俗的喧嚣。我喜欢看着茶叶在玻璃杯里慢慢地绕开，又慢慢地绕回来，就像在看那些分分合合的恋人，终于在缘分的天空里寻找到爱的方向。

茶叶泡开了，就会敞开胸怀，和自己心仪的那一片在水里飘摇，几经沉浮后落到杯底。这时喝一口清茶，一定能品出幸福的味道，也许是等待得太久，我竟在不知不觉中学会了珍惜这淡淡的茶香，让它在口中久久萦绕。

茶香缕缕，思念悠悠，我的思绪一如那只翩然而至的蝴蝶，悄无声息地栖息在玻璃杯的边缘，静静地听树上的鸟儿唱思念的歌。

沐浴着清晨的阳光，品一口清茶，嗅一缕茶香，拾一份失落的思绪，放下杯子，闭上眼睛，静静地回想，茶香里弥漫着淡淡的忧伤，那熟悉的身影瞬间填满我心中的所有空隙。

女人如荷

有一种女人清雅别致，她们的笑靥如天边的朝阳，温暖灿烂。当她们娉娉婷婷地向我走来，我总忍不住在心里感叹“女人如荷”，她们莲步轻移，长发飞扬，似一串流动的音符，更似亭亭玉立、含苞待放的小荷。

女人如荷，清新自然。清晨的阳光透过窗户，携来一抹栀子花的清香，于是她们便从容绽放了，如一幅色彩丰盈却又清丽无比的作品。她们对镜梳理青丝，略施粉黛的脸上，笑容温暖洁净，如丝丝缕缕的荷香，沁人心脾。如果你刚好从窗前经过，一定会为她们所陶醉，回眸间，一朵朵淡雅又俏丽的小荷，流淌着特别的风韵。

女人如荷，从容淡定。美丽只是她们的外在，坚韧的气质才是她们的精髓，无论是身处顺境还是逆境，她们都能做到从容面对，娴静中透着稳稳的淡定。她们的行为举止端庄大气，一颦一笑、一言一行都让人陶醉。黄昏时分，如荷的女人执一卷书，品一盏香茗，静坐一隅，用墨香陶冶性情。此情此景会让你不由得向往那种“宠辱不惊，闲看庭前花开花落；去留无意，漫随天外云卷云舒”的意境。

女人如荷，秉持初心。她们婉约细致，静守时光，从不忘却自我。她们既不居高临下，也不盛气凌人，更不会趋炎附势，始终努力用自身才智尽显魅力。与她们相处，你会发现，她们精致的外表所包裹的，是中国女人最优雅的文化气质。

遇到这样的女人，我甘愿为之沉醉。深夜里，总爱放一曲《出水莲》，铺平思绪的褶皱，让心灵荡漾在云水禅心的天际，那里似乎也有一片荷塘，疏星点点，荷香阵阵，那些如荷花般恬静的女人在水一方。那长长的琵琶桥上，楠木井边，月光映射出她们清丽脱俗的身影。

这样的夜晚，水声潺潺，音韵婉转缠绵，女人如荷，那如荷的女人浅笑嫣然，静静地徘徊在荷塘边……

后　记

我坚持了十年的“教育叙事”写作，时至今日，其实已经不是真正意义上的“教育叙事”了，更不能单纯地理解为讲教育故事，而是根据自身的成长经历和实际教学经验，从教育研究领域迁移到文学化叙事的一种写作方法。其初衷是使更多的人克服对写作的畏难，培养对文字的亲切感，激发人们对生活的热爱和思考，帮助学生克服对写作的普遍厌烦，激活他们对生活的感受力。

时间追溯到2014年4月，我离开讲台，到教育局机关从事文秘工作，巨大的工作压力和传统公文模式的桎梏，曾让我一度陷入迷茫与困顿之中，有近半年的时间，几乎写不出鲜活的文字，我以为自己与写作将就此别过，七年的坚持与摸索也将付诸东流。这让我感到惶恐，文字是我在坎坷人生经历中寻到的一根救命稻草，我早已习惯了通过文字来记录心情，缓解压力，积蓄力量，寻找人生的方向。

同年10月，我的第一本散文集《有人送我一棵草》出版，那是真正意义上的教育叙事，并没有多少文学性可言，完全是为了在中小学师生中推广“大写作”的教育理念。但是这本集子出版后，却因其贴近学生、家长和教师生活的日记体亲切感，受到众多学生、家长和教育工作者的关注，先后被多家中小学收入图书室，作为师生共读、亲子阅读、学生交流阅读书籍。那段时间，不时有读者通过QQ、微信、短信等方式发来读后感，他们中有学生，有家长，有老师，也有普通读者，虽只言片语、断断续续，却字字句句震撼着我。尤其是彭德水和王夫勇一再控诉我厚此薄彼，没有在书中找到自己的影子，更是让我愧疚不已。离开讲台，我自顾不暇，几乎忘记了自己还是老师，忘记了最初的坚持，忽略了学生们在追梦的路上还有好长的路要走，他们需要我的文字缓解压力，温暖心灵。

迷茫之际，成都师范学院中文系副教授、教育叙事的倡导者之一伯先，一语惊醒梦中人，他说："教育，不一定都要站在讲台上！你现在所处的环境更有利于你将此项工作开展下去，你要在对过去的总结与提炼中，不断拓展升华，写出更有内涵的作品，激励、温暖更多的孩子。"

我浮躁的心渐渐平息，2015 年，在申请加入四川省作家协会时，我在"近年创作计划"栏中郑重写下"2018 年完成散文集《留一个温暖的背影给你》"，也许只有我自己懂得这个计划的意义，它相当于一个迷路之人暂时寻到的人生坐标，它给了我无尽的希望和力量。这个"背影"既是留给讲台，也是留给我自己。

至于文学，我根本就是误打误撞进入这个领域的，无论读者给我多高的赞誉，我都始终觉得它是一个梦境。回首我的写作之路，一切的获得皆是意外。在此，我要老实交代：我最初的写作是从写 QQ 日志和说说开始的；自 2007 年 8 月开通"心灵驿站"以来，习惯了每天写一点，或记录心情，或描述瞬间美好，或讲一些小故事。学生和家长是我最早的读者，他们的阅读是我坚持写作的唯一意义。十年就这样走过了。2014 年之前，几乎从未投过稿，处女作《有人送我一棵草》是我写在 QQ 空间的日志，江苏《星驰》报的编辑邵剑发现了它，于 2009 年 7 月刊登在《新课程》"语文导刊"高中版。上个月，回到黎溪中学曾经的宿舍，在满是灰尘的书架上找到那份报纸，捧着它，我依然觉得像在做一场梦。时隔多年，再看那篇小文，犹如邂逅一场唯美的初恋，插图上那个穿白裙子的女孩和手中的小草，勾起我对那个停电的夜晚和学生们无尽的思念。

回首自己的文学成长之路，我要感谢的人很多，如果一一枚举，恐怕三天三夜也说不完，这里就拣主要的说吧。

首先，要感谢骆驼，2014年因出版《有人送我一棵草》，通过闺密朱常萍结识。可能是因为我脸皮厚吧，他居然打破了自己定下的不给女作者作序的规矩，为我写下《金沙水润杜鹃艳》，让我有幸成为骆驼作序的第一个女作者。在他的引领下，我逐渐从单纯的教育叙事向文学创作过渡，并在文学领域有了收获，2014—2017年，先后在各类报刊发表散文作品30余篇。这份情谊正如他所言："你们一家早成了我们一家的牵挂！"

其次，要感谢洪与，"阅读悦读"的创始人。是他最早在微信公众平台上推出我的散文作品，连续几次创下阅读量高峰纪录后，使得我在读者赞许与批判的双重皮鞭下加快了成长。

最后，要隆重感谢我家乡的文学前辈们，是他们的鼓励和帮助，将我引向了文学创作的更高层。美桦、祥子、黑朗曾认真评析过我的作品，一语中的，指出我阅读和写作中的弊病；霁虹一如既往的支持与鼓励，如强心针，催我奋进；吉狄兆林、余启华曾一次又一次地帮我修改作品，针对具体篇目指导我如何提升自己；张孝华曾为我规划过写作之路，建议我将教育叙事和文学创作结合起来，增加作品内涵；杞德荣、马布杰伊、唐琳、胡延芝、蒙琼英、刘清竹、康芸、朱凤林、张义翠等文友也曾给过我许多的鼓励和帮助。

回首间，2017年即将画上句号，"2018年完成散文集《留一个温暖的背影给你》"的计划一直萦绕在心间。7月以来，除了工作，就只做一件事——将近三年来的文稿进行修改整理，集结成《留一个温暖的背影给你》，收录散文作品53篇，其题材主要涉及“乡土”“亲情”和“教育”。

疲累之余，怀着满满的期待，只想说：愿我的文字温暖更多孤寂、彷徨的心灵！亲爱的读者，无论你在哪里，我都将留一个温暖的背影给你！

2017年12月于会理